LANGUE PATERNELLE

Du même auteur
chez Christian Bourgois éditeur

Poète chilien

aux éditions Rivages

Bonsaï
La Vie privée des arbres
Mes documents

aux Éditions de l'Olivier

Personnages secondaires

aux éditions Zinnia

Fac-similé : livre d'exercices

ALEJANDRO ZAMBRA

LANGUE PATERNELLE

Traduit de l'espagnol (Chili)
par Denise LAROUTIS

CHRISTIAN BOURGOIS ÉDITEUR

Titre original :
Literatura infantil

Les premières versions de certains textes repris ici ont été publiées dans *Revista de la Universidad de México*, *Dossier*, *The New Yorker*, *The New York Times Magazine*, *The New York Review of Books*, *The Paris Review*, *Granta* et *McSweeney's*.

ISBN 978-2-267-05475-0

Pour la maman de Silvestre
et pour le fils de Jazmina

Depuis mon enfance, j'ai aimé regarder ma chambre selon la perspective d'un oiseau.

BRUNO SCHULZ

On ne naît pas écrivain, on naît bébé.

HEBE UHART

I

Littérature enfantine

0

Avec toi dans mes bras, pour la première fois j'isole, sur le mur, l'ombre que nous formons ensemble. Tu as vingt minutes de vie.

Ta mère ferme les paupières, mais elle ne veut pas dormir. Elle se repose les yeux juste quelques secondes.

— Parfois, les nouveau-nés, ils oublient de respirer, nous dit une aimable infirmière venue gâcher la fête.

Je me demande si c'est son truc de le dire tous les jours. Avec ces mêmes mots. Avec ce même air prudent d'avertissement triste.

Ton petit corps respire, oui : même dans la pénombre de l'hôpital, ta respiration est visible. Mais je veux l'entendre, t'entendre, et mon propre souffle me dérange. Et mon cœur bruyant m'empêche de percevoir le tien.

Au long de la nuit, toutes les deux ou trois minutes, je retiens ma respiration pour m'assurer que tu respires. C'est une superstition des plus sensées, la plus sensée de toutes : arrêter de respirer pour qu'un fils respire.

1

J'arpente l'hôpital comme si je cherchais les fissures du dernier tremblement de terre. Je pense des choses horribles, mais, d'un autre côté, je parviens à imaginer les cicatrices qu'un jour tu exhiberas avec fierté jusqu'à la fin de l'été.

14

À ton âge, quatorze petits jours, le mot *enfance* est bien trop vaste pour toi. Mais j'aime son côté pompeux, à ce mot, quand on le dit. En anglais, tu serais vieux de quatorze jours.

25

Tu pleures et j'apparais. Une belle duperie. Peut-être nos parents ont-ils pris trop au sérieux ces premiers refus.

Tu ne me préfères pas, mais tu t'habitues à ma compagnie. Et moi, je m'habitue à dormir quand toi, tu dors. Ce rythme de sommeil intermittent me rappelle les centaines de longs voyages où je dormais à moitié dans le bus du lycée ou de la fac pour assister à des cours où je reprenais mon somme. Ou bien ces exquises siestes clandestines qui m'ont permis de supporter la vie au travail.

Soudain, j'ai quinze ans, il est minuit et j'étudie je ne sais quoi, chimie, algèbre ou phonologie, et je n'ai plus de cigarettes, et c'est un problème, parce que je fume beaucoup dans mes rêves. Je suis réveillé par des chiens timides qui commencent leur concert d'aboiements et par les coups de marteau d'un voisin, lequel accroche peut-être au mur un portrait de son fils à lui et que ça ne dérange pas de réveiller le mien.

Mais tu continues à dormir sur ma poitrine, et même tu sembles encore plus endormi, sérieusement endormi. Je n'ai aucune idée de l'heure qu'il est. Et je m'en moque. Onze heures du matin, trois heures de l'après-midi. Ainsi passent les jours épuisants, mais heureux, qui s'entremêlent avec les jours heureux, mais épuisants, et les jours heureux, mais heureux.

31

La naissance d'un enfant annonce un vaste futur dont nous ne ferons pas totalement partie. Julio Ramón Ribeyro l'a très bien résumé : « Sa dent qui pousse est celle que nous perdons ; le centimètre qui le grandit celui qui nous rapetisse ; les lumières qu'il acquiert, celles qui s'éteignent en nous ; ce qu'il apprend, ce que nous oublions ; et l'année qui s'ajoute est celle qui, chez nous, est soustraite. »

C'est une belle pensée, mais biaisée, dont le côté trouble a rendu fous des millions d'hommes. Je pense aux pères d'autres générations, même s'il est absurde de supposer qu'il y a eu du changement. Des hommes qui exercent leur paternité avec lucidité, humour et humilité, j'en ai connu, mais j'ai vu aussi des amis proches, qui avaient apparemment le cœur en place, s'éloigner de leurs fils pour courir après leur jeunesse et la rattraper dans un sprint désespéré et caricatural. Sans compter ceux qui affrontent la pulsion de mort en accablant leurs fils de missions et de tout un système de lois, dans l'intention explicite ou cachée de reprendre grâce à eux leurs rêves interrompus, ceux-là abondent.

Ce qui m'impressionne, toujours, c'est l'absence presque absolue d'une tradition. Tous les êtres humains – je suppose – sont nés, et la normalité de ce fait ferait de nous des spécialistes des questions d'éducation, mais il se trouve que nous en savons très peu sur ce sujet, surtout les hommes, dont moi, qui ressemblent parfois à ces étudiants béats qui débarquent en classe sans même savoir que c'est un jour d'examen. Pendant que les femmes transmettaient à leurs filles l'asphyxiant impératif de la maternité, nous autres, nous grandissions choyés, ingénus, et nous fredonnions même « Billie Jean ». Nos pères ont essayé, à leur manière, de nous apprendre à être des hommes, mais ils ne nous ont pas appris à être des pères. Et leurs pères non plus ne le leur avaient pas appris. Voilà.

42

Pendant tes premières semaines de vie, j'ai écrit près de cent poèmes sur mon téléphone. Ce ne sont pas des poèmes, en réalité, mais sur mon téléphone il m'est plus facile d'appuyer sur *Entrée* que de me bagarrer avec les signes de ponctuation.

J'écris en état d'amour, sous ton influence, l'envoûtement du fauteuil à bascule nous entraîne tous les deux, il agit comme une timide montagne russe ou un cheval plein d'allant, inépuisable, ou comme le ferry qui doit enfin nous faire passer sur l'île de Chiloé.

49

Ce matin, j'ai voulu transformer mes faux poèmes en poèmes vrais, mais je crains de m'être fourvoyé et de les avoir orientés vers le pays de la prose, civilisé, lisible. Ils sont fichus, ce qui ne m'a pas empêché de les copier tous, au cas où, dans un dossier que j'ai intitulé « Littérature enfantine ». Aucune de ces esquisses n'est à considérer comme de la littérature pour l'enfance. Cependant, toutes renvoient à l'enfance. La tienne débutante et la mienne lointaine. Mon enfance ou mon idée de l'enfance à partir de ton arrivée.

50

Le mot *enfantin* est souvent utilisé comme une insulte, sachant que le nombre de mots qui ne sont pas des insultes mais peuvent en remplir la fonction est presque illimité. Il suffit de travailler un peu la tonalité de sa voix.

Je me souviens d'une petite fille très douce, la fille d'un de mes meilleurs amis, qui, un soir, se fâcha contre son nounours préféré et passa deux heures à lui crier avec cruauté, sans arrêt : « Peluche ! T'es que ça, une peluche ! Tu te crois vrai, mais t'es une peluche, que ça ! »

À quinze ans, je m'énervais quand on parlait de moi en disant *le jeune*. Je ne me rappelle pas avoir jamais été traité d'*ado*, mais j'aurais détesté. Sur le plan strict du langage, *adolescent* est un mot parfait, mais, compris comme une insulte, il peut être dévastateur.

61

La littérature a cédé au développement personnel presque tout l'espace de réflexion que demande la paternité. Mais dans les livres de développement personnel, nous ne trouvons jamais que des conseils si éculés qu'ils en deviennent parfois humiliants. Il y a quelques mois, j'ai lu un épais volume dont la recommandation suprême faite aux hommes était : « *Be sensitive!* »

62

Cette semaine tu as pris ces mêmes cent grammes que je dois avoir perdus en dansant avec toi dans mes bras. Le fils a gagné en poids ce qu'a perdu le père. C'est la diète parfaite.

83

L'expression *littérature enfantine* est condescendante, offensante, et je la trouve aussi redondante, car toute littérature est, dans le fond, enfantine. Nous avons beau nous efforcer de le dissimuler, nous qui nous consacrons à l'écriture le faisons parce que nous désirons retrouver des perceptions effacées par le prétendu apprentissage qui nous a rendus si fréquemment malheureux. Le poète Enrique Lihn disait que nous nous abandonnons à notre âge réel comme à une fausse évidence.

Littérature enfantine : j'aime ce qu'éveille le mot *enfance* qui s'immisce ici. Je pense à Jorge Teillier, à Hebe Uhart, à Bruno Schulz, à Gabriela Mistral, à Jacques Prévert. D'accord, la liste des « auteurs enfantins » est interminable. Baudelaire définissait la littérature comme « l'enfance retrouvée à volonté » – je viens de vérifier et je découvre que ce qu'il définissait de cette manière était le « génie » artistique, pas la littérature.

Du coup, je préfère rester avec mon souvenir inexact et moins percutant que la théorie de Baudelaire. J'aime son emphase : j'aime, surtout, le lien qu'il fait entre l'artiste, l'enfant et le convalescent. Plus qu'il ne cherche à se souvenir ou à raconter, celui qui écrit essaie de voir les choses *comme pour la première fois*, c'est-à-dire comme un enfant, ou comme un convalescent qui relève d'une maladie et, d'une certaine manière, de la mort, et recommence à apprendre, par exemple, à marcher.

La paternité aussi est une espèce de convalescence qui nous permet de tout apprendre à nouveaux frais. Et nous ne savions même pas que nous avions été gravement malades. Nous venons de l'apprendre.

96

Les beaux-pères commencent à perdre la bruyante bataille de la légitimité. Mais soudain quelqu'un vous sort : « Mon beau-père a été mon vrai père. » Je veux entendre ces histoires.

Peut-être que tous les pères, dont moi, sont, au fond, les beaux-pères de leurs enfants. La biologie nous assure un lieu dans leur vie, mais nous désirons très fort qu'ils nous choisissent pour père. Qu'un jour ils disent cette phrase si merveilleusement bizarre : *Mon père a été mon vrai père.*

101

Retour de la boulangerie où nous nous rendons ensemble tous les matins :

— Et ce petit, il n'a pas de maman ? me dit un homme.

— Crétin, crétin, je lui réponds.

Avant, j'étais bon pour retourner les insultes, mais c'est tout ce qui me vient sur le moment. La même insulte, deux fois.

C'est un homme plus ou moins de mon âge, il porte un costume très correct et a des yeux verts et secs. Il n'a pas l'air d'avoir bu.

L'espace d'une seconde, j'ai l'idée de lui demander de m'attendre, pour courir te remettre dans ton berceau et revenir aussitôt lui casser la gueule. Je n'aime pas du tout cette idée. Elle me rend triste, plutôt. Elle me sape le moral.

Quelle sorte de personne peut dire un truc pareil ? Pourquoi ? Dans quel but ?

Je te dépose dans les bras de ta mère.

Je vais à la cuisine et je mange une baguette entière en pensant à des insultes rudimentaires, impitoyables, définitives.

120

Mon père a été père à vingt-quatre ans et moi à quarante-deux. Je n'arrête pas d'y penser. C'est le sujet du moment.

Quand vous avez un enfant, vous redevenez l'enfant de quelqu'un. Mais l'expérience personnelle, que le temps a domestiquée et que l'idéalisation, la discorde ou l'absence ont ratifiée ou conditionnée, n'est pas suffisante.

Vous voudriez vous rappeler les jours et les nuits où l'on a veillé sur vous comme aujourd'hui vous veillez sur votre enfant. Même si peut-être on ne veillait pas tellement sur vous. Peut-être qu'on vous mettait dehors dans la cour et qu'on vous laissait pleurer et qu'on vous forçait à boire votre biberon. Et puis on allumait la télé et rideau.

Nous nous comparons à nos pères, alors que – nous le savons – nous ne pourrions jamais être semblables à eux ni essentiellement différents d'eux. Et comme nous les tuons à vingt ans, nous ne pouvons plus les tuer de nouveau ; c'est la raison pour laquelle parfois nous finissons par les ressusciter.

147

Tu pleures quand tu comprends que tes pieds ne sont pas faits pour attraper des objets. Mais après tu déchiffres, étonné, les dessins de tes draps. Et les imperfections de la couverture. Et les gouttes de pluie sur la fenêtre. Ta mère imite le tonnerre et les éclairs. Tout va bien.

158

Il y a des hommes qui en font beaucoup trop avec la paternité. Ça se passe comme s'ils avaient, du soir au matin, pour la seule raison qu'ils sont devenus pères, perdu la capacité de prononcer la moindre phrase sans mentionner une histoire dont leur fils est le héros, lequel fils semble même devenu leur maître spirituel, car, pour ces pères extasiés, les anecdotes les plus anodines ne sont pas dépourvues d'une certaine profondeur philosophique. Et c'est très précisément mon cas.

Mais je peux imaginer le désastre que ç'aurait été pour moi d'avoir un fils quand j'avais vingt ans. J'appartiens à une génération qui a remis à plus tard la paternité, ou qui l'a radicalement écartée, ou qui l'a exercée d'autres manières, tout aussi ou plus difficiles, par la belle-paternité – un mot qui, selon mon dictionnaire, n'existe pas – et l'adoption.

Maintenant, à quarante-deux ans, la paternité a été pour moi une vraie fête. Nous savons déjà que, jusque dans les fêtes les plus réussies, il y a des moments où l'euphorie se mêle avec l'égarement ou avec l'ingrate conscience qu'il faudra demain se lever tôt et faire la vaisselle. Mais si je devais résumer ces cent cinquante et quelques jours dans une courte phrase, mon télégramme dirait ceci : *Je me régale.*

203

— Pourquoi tu as voulu avoir un enfant ?

Au cours de ces petits mois, ce sont bien quinze personnes qui m'ont posé la question.

— En réalité, c'est grand-père que je veux être, on n'en est qu'à la phase préparatoire, je leur réponds, par exemple.

Ou bien :

— Parce que j'en avais marre des chats.

— Parce qu'il était grand temps.

— Pour raisons personnelles.

— Parce que je suis amoureux.

— Par curiosité.

J'aime particulièrement cette dernière réponse, si délicate et banale. Peut-être vaudrait-il mieux parler de curiosité intellectuelle ou de quête expérimentale. Ou convoquer un désir d'aventure, la prestigieuse soif d'expériences, le besoin de comprendre la nature humaine. Mais je préfère la réponse simple, genre Pandore.

Mais une fois que j'ai lâché mes blagues, enfin, je réponds ou j'essaie de répondre. Je suis incapable d'articuler un discours exclusivement rationnel, mais m'en sortir par une pirouette, sans rien ajouter, avec un cynisme parcimonieux, ce serait collaborer avec ce vide de savoir que nous avons tous éprouvé et dont nous avons tous souffert, et qui nous décourage et nous laisse bras ballants.

209

Pendant des siècles, la littérature a craint comme la peste le sentimentalisme. J'ai l'impression qu'aujourd'hui nombre d'écrivains préféreraient être ignorés plutôt que de courir le risque d'être jugés dépassés ou larmoyants. Et il est exact que, lorsqu'il s'agit d'écrire sur nos enfants, le bonheur et la tendresse défient notre antique idée masculine de ce qui est communicable. Que faire, alors, de la satisfaction jouissive et nécessairement cucul de voir son fils se mettre debout et dire ses premiers mots ? Et quelle sorte de miroir est cet enfant ?

Dans la tradition littéraire abondent les *lettres au père*, mais les *lettres au fils* sont plutôt rares. Les raisons en sont prévisibles – machisme, égoïsme, pudeur, adultocentrisme, négligence, autocensure –, mais il me semble qu'il existe aussi des raisons purement littéraires. Pour le moment il est plus facile d'ignorer ou de reléguer les enfants, ou de les comprendre comme des obstacles à l'écriture, de s'en servir comme prétexte : et voici maintenant qu'à cause d'eux on n'a pas pu se concentrer sur son laborieux et imposant roman !

L'enfance survit en nous comme une énigme intermittente, en général à peine attestée dans des albums de photos, par des peluches transitionnelles ou des poignées de galets ramassés un soir sur la plage. Personne n'a écrit notre enfance, et peut-être regrettons-nous cette absence de signaux, mais aussi, quelque part, peut-être l'acceptons-nous avec gratitude, parce que ce néant nous permet de respirer, de changer, de nous rebeller. Imaginer ce qu'un fils lira dans l'œuvre qu'on a écrite est, pour cette raison même, aussi émouvant que terrifiant. Raconter le monde qu'un fils oubliera – devenir les reporters de nos enfants – représente un énorme défi.

Moi-même, pendant que j'écris, je ressens la tentation du silence. Et cependant, je sais que même si je m'enfermais pour esquisser un roman sur les champs magnétiques ou si j'improvisais un texte sur le mot *mot*, je finirais par parler de mon fils.

210

« Ne raconte pas tes rêves, s'il te plaît, et surtout ne te laisse pas aller à parler d'enfants ou d'animaux de compagnie », disait un écrivain reconnu à une de mes amies qui voulait écrire un roman sur ses rêves, sur sa fille et sur son chat. Moi, je crois plutôt qu'il faudrait accepter tous ces défis.

221

Je m'enorgueillis de ce que le premier mot prononcé par mon fils, il y a cinq jours, ait été, contre toute attente statistique, le mot *papa*. Maintenant, il le dit sans arrêt.

Il a encore du mal, c'est vrai, à articuler la bilabiale occlusive sourde *p*, raison pour laquelle il la remplace momentanément par la bilabiale nasale sonore *m*.

226

Toute personne qui a élevé un enfant sait qu'en de nombreuses occasions le mot *bonheur* rime inexplicablement avec le mot *lumbago*.

235

« Zambra, quand vous viendrez au Chili, je veux être le premier à rencontrer ta progéniture, même si tu n'as jamais montré la moindre envie de rencontrer la mienne. »

C'est ce que me dit un cher ami chilien. Il blague. Il est exact que je ne connais aucun de ses trois enfants, mais le plus jeune vient de fêter ses quarante ans. Et puis nous parlons toujours d'eux. Je suis au courant de la vie de chacun. Je sais, par exemple, que son aînée n'a pas voulu avoir d'enfant, et que les deux plus jeunes trouvent que la paternité est une aberration.

Brusquement je prends conscience de l'importance qu'ont eue pour moi ces conversations avec mon copain. Et je lui en suis reconnaissant. « N'en rajoute pas », me répond-il. « Je ne veux pas mourir sans être grand-père », me dit-il ensuite. « N'en rajoute pas », je lui réponds.

247

N'étant pas vacciné contre l'optimisme, je tends à penser qu'aujourd'hui nous acceptons que nos propres fils soient un peu les enfants des autres et destinés à comprendre le monde selon des catégories que nous ne sommes même pas en mesure de concevoir. « Toujours les attendre, sans jamais leur demander de revenir », dit lumineusement Massimo Recalcati dans son formidable livre *Il segreto del figlio* (Le secret du fils).

251

J'entends au loin « Praying for Time », la belle chanson de George Michael. Je me souviens du temps où je l'écoutais et où j'essayais d'en comprendre les paroles dévastatrices à l'aide d'un minuscule dictionnaire. Je remercie mon voisin de ce voyage involontaire dans ma jeunesse difficile. Et maintenant tu dors tranquille au rythme de « Freedom! ».

Je m'interdis toujours de me plaindre que la musique est trop forte. Je préfère me mettre à danser. Ou à me souvenir. Ou à prier. J'aurais plutôt tendance à protester contre les pétarades des motos, mais elles vont trop vite pour moi.

Je n'arrive pas à comprendre ceux qui protestent quand un enfant pleure. Ces personnes qui viennent se plaindre sous prétexte qu'un enfant pleure devraient être privées de dessert, de télé et de récréation.

J'allais me contenter de cet aphorisme, mais je veux consigner la venue de la bonne femme qui a frappé ce matin à la porte parce que tu avais pleuré pendant deux minutes. Trois coups secs de la paume de sa main ouverte. Charmante personne.

258

Notre idée de l'ascenseur social, c'est une maison avec deux cabinets.

262

« Tu t'es trompé de genre », me dit un soir une éditrice italienne. Pendant une seconde, je m'étais senti le destinataire d'un compliment nouveau, tout en comprenant qu'elle parlait plutôt des genres littéraires, vu qu'elle m'avait invité à dîner dans l'intention de me convaincre d'écrire des livres pour enfants.

J'avais passé la journée à marcher dans Rome, plongé dans le bonheur comme l'enfant, justement, qui voit pour la première fois des manèges, des loteries et d'invraisemblables toboggans décrochés des nuages. À cette heure, cependant, à huit ou neuf heures du soir, un splendide nebbiolo m'avait donné le coup de grâce et c'est peut-être pour cette raison que l'éditrice avait senti qu'elle devait renforcer son argumentation, pas du tout flatteuse : *La littérature jeunesse va mieux à ton style. Tes romans sont, à mon goût, trop enfantins. Tes livres, ce sont des livres illustrés sans illustrations, il faut arranger ça. Je n'aime pas tes romans. Tes livres pour enfants seraient vraiment meilleurs ! Pourquoi tu écris pour les adultes alors que tu devrais écrire pour les enfants ?*

Le lendemain matin, elle m'appela à l'hôtel, elle s'était réveillée avec la sensation qu'elle en avait trop dit. Je lui répondis que non. « Mais je suis sûre que j'ai dit des bêtises », insista-t-elle, de sa voix ralentie par la gueule de bois. « Nous passons notre temps à dire des bêtises », lui répondis-je. « Je trouve tes romans extraordinaires », me dit-elle, et, alors que je savais qu'elle mentait, je lui assurai que ses paroles m'apportaient une énergie nouvelle pour continuer. Elle me demanda si, finalement, j'avais l'intention d'écrire pour la jeunesse. Je lui répondis que je ne me sentais pas encore prêt pour débuter dans la littérature enfantine.

Situation étrange autant qu'amusante. Maintenant que je pense à ce mot, *enfantine*, je me souviens d'elle et je caresse la possibilité qu'elle ait eu raison, qu'elle ait raison. Au cours de mes années d'université, pendant que j'écrivais mes travaux de fin de semestre mû par le seul désir d'impressionner mes professeurs, j'avais commencé à percevoir le risque de perdre pour toujours la possibilité de me connecter aux personnes que j'aimais vraiment. De là surgirent les rudiments d'un style. Plus que de viser des destinataires réels, je visualisais une espèce de petit frère imaginaire avec lequel j'avais le désir ardent de communiquer. Je ne dirais pas que j'ai un style, parce que mon idée du style a changé et continuera de changer, mais si je devais jouer à ce jeu, la vérité est que je souscrirais avec plaisir à ce qui serait comme un style enfantin.

269

Ton corps léger rivalise avec le vent, il a l'avantage dans le hamac arrêté.

270

Le ciel est envahi de parulines et de gobe-mouches rouges. Nous croisons un perroquet géant et un flamant qui maudit les embarcations zigzagantes.

Nous fêtons tes premiers mots comme des reporters sportifs gonflés d'euphorie nationale. Nous mangeons des chips de bananes plantains, du pozole vert et une glace à la noix de coco.

Pendant le voyage de retour, tu vomis partout sur ma chemise, une guayabera d'Oaxaca qui m'a été offerte en ton nom pour la fête des Pères.

271

La nuit, les geckos forniquent sur le plafond éclairé par les feux de la baie.

Aujourd'hui, tu as appris à imiter le cri du vendeur de petits pains.

279

Un commissaire d'exposition que j'ai vu cinq fois dans ma vie mais qui a décidé que j'étais son ami intime m'a appelé à deux heures du matin pour me raconter qu'il songeait à avoir un enfant. « Je veux changer de vie », dit le mezcal à travers lui.

Je me dis qu'il est peut-être mon ami après tout. Et c'est vrai que je l'ai à la bonne. Je l'aime bien. La première preuve de mon affection est qu'au lieu de l'envoyer se faire foutre j'ai réagi avec précaution. La seconde, c'est que j'ai préféré lui attribuer un métier différent, au cas où il aurait l'occasion de lire ceci (il n'est pas commissaire d'exposition, mais il devrait, peut-être : il serait bon).

De même que c'est d'une naïveté profonde d'avoir un enfant et de supposer que la vie continuera telle qu'elle a été, se convertir en père dans le seul but de provoquer un changement est d'une souveraine connerie. Je ne l'ai pas dit au commissaire d'exposition de cette façon, justement parce que je l'aime bien. Mais je le lui ai dit. Et il l'a compris. Après, je me suis proposé pour le mettre au travail sur le terrain : je l'ai invité à venir déjeuner et nous passerions tout l'après-midi avec mon fils.

Nous, les hommes, nous construisons une certaine idée de l'amitié sur fond de cuites mémorables qui nous ont conduits dans l'émouvante impasse des confessions et des complicités. Mais nous nous connaissons plus intensément quand nous passons un après-midi entier avec un ami qui est désormais père, qui est heureux de nous recevoir et parle de tout, pas nécessairement de paternité, et ne nous regarde déjà plus dans les yeux, parce qu'il les a fixés sur cet enfant qui peut faire ses premiers pas à n'importe quel moment et s'étaler en beauté.

280

Comme je m'y attendais, le commissaire d'exposition n'est pas venu. Il m'a appelé des heures plus tard pour s'excuser. Il m'a dit qu'il avait un travail fou, puis de ne pas m'inquiéter, parce que la crise était derrière lui : il était redevenu célibataire. Je n'ai pas su quoi lui répondre. Félicitations, lui ai-je dit pour finir.

292

Je change les paroles et les mélodies des plus belles berceuses tout en lavant la vaisselle avec une nouvelle technique.

302

— On ne peut pas entrer avec des liquides, me dit un monsieur dans la librairie Educal, succursale du musée national des Cultures populaires, à Coyoacán.

— Et que croyez-vous que je transporte dans ce biberon, nommé encore bib ou tétou ? je lui réponds, avec toi endormi dans le porte-bébé ventral. Mezcal ? Anis ? Pisco, rhum, gin, saké, tequila, bacanora, eau-de-vie, vodka ? Alcool à brûler ?

J'exagère, je n'ai cité que le mezcal. Je perfectionne ma réponse maintenant en l'écrivant. Pour ce qui est de citer le biberon et ses synonymes, je le fais parfois, quand j'ai les nerfs. Devant la possibilité de me tromper de mot, je les sors tous.

— Peu importe le contenu.

— C'est de l'eau !

— C'est bien ce que je dis, l'eau est un liquide.

— Et si c'était du lait maternel ?

— Le lait maternel aussi est un liquide, si je ne m'abuse.

Il était difficile de ne pas faire de l'ironie. « Le lait maternel aussi est un liquide, si je ne m'abuse. » J'aimerais tourner un film juste pour que, dans une scène très secondaire, un personnage porte un tee-shirt avec cette légende, de préférence en anglais.

J'étais furieux, mais la situation m'amusait. Et toi, tu dormais, calme et bien protégé. Je demandai à parler au responsable, comme dans les films. Et, comme dans les films, le responsable apparut aussitôt. Il me confirma le règlement de la librairie. Il dit que nous ne pouvions pas entrer avec des récipients contenant du liquide, « quelle qu'en soit la nature ». Je lui demandai s'il faisait référence à la nature des récipients ou à celle des liquides. Il ne me répondit pas.

Je lui demandai s'il fallait comprendre que, dans cette librairie, appartenant à l'État mexicain, l'entrée des enfants de dix mois était interdite. Il me dit que les enfants de dix mois étaient bienvenus dans cette librairie et dans toutes celles des États-Unis mexicains, et que, justement, il y avait pour cette raison une section de livres pour *vos* enfants (il utilisa ces mots, *vos* enfants).

Je lui demandai si, dans cette librairie, il y avait des distributeurs d'eau ou quelque chose comme ça. Il me dit que non. Je lui dis que dans mon pays il était habituel de boire l'eau du robinet, mais qu'au Mexique tout le monde le déconseillait. Ce qui n'entraîna pas de commentaire.

Je lui demandai s'il buvait l'eau du robinet. Je lui demandai s'il avait des enfants. Il me répondit qu'il s'agissait de questions trop personnelles.

Le subordonné regardait son chef comme s'il en déduisait des joyeusetés.

Soudain, pris d'une impulsion, j'eus l'idée de traiter le grand chef comme on traite dans les films le beau gosse qui la ramène trop : en un seul geste rapide et glorieux, je débouchai ton bib et je fis couler le liquide en plein sur la rutilante calvitie du susdit – non, fiston, évidemment, je n'ai pas fait ça, ce n'était pas l'envie qui m'en manquait, mais la pressante soif de vengeance que j'éprouvais m'importait beaucoup moins que ta soif d'eau.

321

« Le passé est un prologue. » Je ne sais pas si je suis d'accord avec ce personnage de *La Tempête*. Ou plutôt si. Je réécris donc ce prologue, au rythme contagieux du fauteuil à bascule.

352

Tu t'éveilles sur ma poitrine et tu essaies de me peigner avec les deux mains.

364

Un fils avec son père partagent la chaise-longue et inventent des nuages moins sérieux.

365

Tu commençais à exister
jour pour jour, ça nous fait un an
que tu es arrivé brusquement
tu venais de sortir
et tu ne savais pas sourire
avec une belle gravité
tu t'es perdu pour de vrai
dans les yeux de ta mère
il était cinq heures du soir
dans cette cité-ci, la même.

Pas facile, ton arrivée
un docteur assez minable
– jamais été mon préféré –
s'était déjà bien planté
mais n'était guère aidé
par l'infirmière chic et bêcheuse

or ta grand-mère Teresa
montrant une joie sans faille
nous fit présent de sa compagnie
pour mener à bien l'exploit.

Nous ne l'oublierons jamais
la beauté de ton visage
quand ton colostrum tu tétais,
tel un navire sur la mer
qui reconnaît l'amer
qu'il approche et où il retourne
maintenant nous mettons le couvert
dans la maison de ta tatie
et nous évoquons ce jour
avec des gâteaux et des bières.

Tes pleurs furent le début de tout
qui durèrent quatre secondes
le monde semblait te convenir
nous roucoulions en te berçant
et tu bredouillais comme un chant
elle te plaisait, cette planète
et ton regard déconcerté
à six heures du matin
se tournait vers les fenêtres
et tu adores les valises.

Les chansons de Marisa
et les photos de Toumani
– c'est le cousin de ta maman –
paroissiens en cette messe
sont témoins de ton rire

Óscar, Paula et Margarita
Héctor, Adolphe et Lupita
avec le John et la Joanna
– aussi mes parents et ma sœur
qui ratèrent le rendez-vous.

Je sais qu'on ne se souvient pas
les premiers anniversaires
sont comme un passé étrange
une mélodie externe
une nuit sans veilleuse
avec chevaux et piñatas
du tamarin et de l'horchata
mais pour toi nous avons fait mieux
et c'est ce que nous célébrons
sans cesse et sans cravate.

Ton existence modifie
le lieu de ce qui est sacré
ton chez-toi à ton arrivée
l'espérance la fabrique
le courage la triplique :
petit gars, bébé, petiot, pote,
si ça te dit, si ça te botte
je te prends dans le porte-bébé
pour ce qui reste de futur
mon merveilleux bébé, mon *chilpayate*.

Jennifer Zambra

Si j'étais né fille, je me serais appelé Jennifer Zambra. C'était décidé. Ç'a été presque la première chose que j'ai racontée à ta mère, en flirtant dans un *diner* de Prospect Heights. En réalité, nous étions embarqués dans des histoires d'arbres et de migraines. Et nous nous lamentions sur la mort d'Oliver Sacks comme s'il s'agissait d'un membre de notre famille ou d'un ami commun.

Tels des capitaines au centre du terrain, ou des ambassadeurs timides de pays exotiques, nous échangions des livres d'Emmanuel Bove et de Tamara Kamenszain. Pendant les premières minutes, il n'était pas facile de retenir nos nerfs, aussi lisions-nous passionnément la carte, on aurait dit que nous cherchions des fautes d'orthographe. Puis nous avons dit du mal de confuses amours d'autres gens qui peut-être étaient aussi les nôtres.

Jusqu'à ce qu'enfin nous nous regardâmes sans prendre trop de précautions. Ce fut une bruyante minute entière d'antique silence hétérosexuel. Les confessions éclairs abondèrent et la délicieuse énumération des -philies et des -phobies. Et ces phrases ambiguës qui sont autant de promesses.

Je ne sais pas comment il me vint à l'esprit de demander à ta mère son nom masculin de secours. Il y avait bien un contexte, mais je ne me rappelle pas lequel. Ce fut un coup raté, maintenant que j'y pense, peut-être le pire. Heureusement, à ta mère, la question ne lui parut pas si bizarre. Je me rappelle qu'elle s'arrangea inutilement les cheveux, comme pour se dessiner un sourire au passage.

— Toi d'abord, me dit-elle sagement.

Aussi me trouvai-je tout à coup parlant de Jennifer Zambra. À certain moment de mon enfance, je ravivais mon ressentiment en pensant à ce prénom étranger, inspiré par on ne sait quelle actrice. Mes parents l'avaient choisi pour moi sans calculer qu'il me condamnerait à toutes sortes de moqueries.

Mais j'avais fini par m'attacher à cette scène de mes parents dans un appartement de la cité Villa Portales, soudain séduits par le superbe tintement de ce prénom chimérique. Peut-être ma sœur, alors âgée de deux ans, avait-elle réussi à prononcer le prénom de la possible successeuse.

Les noms sont prose, les prénoms poésie. Certaines gens passent leur vie à lire le roman irrémédiable du nom. Mais dans le prénom palpitent des caprices, des intentions, des préjugés, des contingences, des émotions. Et il est le plus souvent la seule œuvre que la mère et le père écrivent ensemble.

De sorte que, pour leur éventuel garçon, mes parents écrivirent un poème conventionnel, qui ni ne brillerait dans une anthologie quelle qu'elle soit ni ne la dépare-rait, et pour leur possible fille un autre plus audacieux, disruptif et polémique. Un prénom qui jouait avec les limites.

Déjà, dans mon adolescence, j'avais coutume de penser à la difficile, solitaire ou scandaleuse vie de Jennifer Zambra. Et même, je rêvais d'elle. Je la voyais tapant la balle sur le fronton dans la cour d'un lycée vide. Ou s'ennuyant comme un rat mort à la messe de minuit. Ou tressant triomphalement sa spectaculaire chevelure de jais après avoir défié le monde entier.

Je passais des heures à décider avec lesquels de mes amis Jennifer Zambra aurait couché et lesquels elle aurait préféré considérer comme des amis sans plus. Et j'essayai même de tomber amoureux doublement – dans la fausse et dans la vraie fiction – d'un camarade de classe. Et j'y suis peut-être parvenu.

Mais il m'était aussi habituel de l'oublier. Ou de faire semblant de l'oublier. Ou carrément de la néantiser. Et il y eut même des fois où je me suis moqué de Jennifer Zambra. Devant tous et toutes. J'ai ri de son nom, de sa manière de s'habiller, de se maquiller. J'ai récité à gorge déployée des fragments écœurants de son journal intime uniquement pour la tourner en ridicule. D'autant plus que son journal intime était écrit par moi.

C'est trop bête. Il est difficile de discuter avec les personnes que nous portons en nous. Mais ça peut se faire. Nous fustigeons la fiction, nous fustigeons les blagues, nous fustigeons les rêves, nous fustigeons la musique, nous fustigeons les personnages avec lesquels nous avons vécu depuis toujours. Et à la fin nous comprenons que nous ne sommes pas des films à énigmes, nous sommes des énigmes.

De tout ça j'ai discuté avec ta mère ce soir-là dans le restau. J'aurais dû sentir plus tôt cette panique progressive d'être en train de trop parler. Par bonheur, le serveur nous interrompit, apparemment il voulait savoir si tout se passait bien. Ta mère alla ensuite aux toilettes et regarda son téléphone, et le monde nous interrompit lui aussi avec une information urgente dont je ne me souviens plus, mais qui fit dévier légèrement le scénario.

— C'est à toi, lui dis-je en pensant qu'elle avait oublié ma question.

— Oui, je le sais, me répondit-elle.

C'est alors que ta mère prononça ton prénom, le prénom qui est maintenant le tien, mais qui aurait été le sien si elle avait été XY.

— Mes parents étaient tellement certains que je serais un garçon qu'ils n'avaient même pas réfléchi à une liste courte de prénoms de filles, dit ta mère, tout en parodiant la pose d'une héroïne romantique. Avec moi, ils ont dû improviser, ils ont dû m'inventer un prénom à toute vitesse.

Pendant que ta mère attaquait son pain perdu à la cannelle, je me suis concentré sur ce prénom qui maintenant n'est plus qu'à toi : sur sa résonance, sur sa beauté. Ça me plaît tellement de penser que tu nous tournais déjà autour lors de ce rendez-vous presque à l'aveuglette. Je suis sûr que tu traînais par là, tapi. Postulant à la vie dès la toute première approche. Heureux de remplir le formulaire.

— Un fils à toi pourrait le porter, dis-je à ta mère après une pause je ne sais plus si très longue ou très brève. Et un fils à moi pourrait le porter.

Cette seconde phrase était en trop, peut-être aussi la première. Parce qu'il y a des codes, tu vois. Ta mère m'a regardé comme si elle me priait d'arrêter de parler. Et ça n'a pas été facile, j'ai dit encore quelques phrases, mais à la fin j'ai réussi à la boucler.

— On peut marcher jusqu'au métro, dit-elle aussitôt.

Ce n'était pas une question, ni une invitation, c'était une pensée à voix haute. Nous avons attendu l'addition, nous l'avons payée, bref, toutes ces actions se succédèrent, mais je ne me souviens plus que de la sensation amère d'avoir bousillé une splendide soirée.

— Tu es bien intense, me dit-elle quand nous arrivâmes au métro.

Apparemment, ce n'était pas bon comme évaluation : deux étoiles sur cinq, au plus trois. Je n'ai pas su quoi lui répondre. J'ai toujours eu ce problème chronique de l'enthousiasme. C'est ce que j'ai dû lui répondre. Mais elle souriait et me prit le bras pendant quelques secondes, comme pour s'appuyer sur moi.

— J'aimerais être amie avec Jennifer Zambra, me dit-elle avant que nous nous quittions. J'ai l'impression que nous allons être très amies. Plus qu'amies.

Nous nous étreignîmes, elle descendit dans le métro en éclatant de rire, moi je restai un moment à regarder la foule. Le jour venait de tomber, la chaleur diminuait, c'était une nuit parfaite pour marcher pendant des heures. L'histoire continue, bien sûr, et elle ne fait que devenir meilleure. Après, je te la raconterai comme il faut.

Teonanácatl

Teonanácatl : c'est ainsi que les Mexicas appelaient le champignon que l'on connaît aujourd'hui sous le nom de *pajarito*. Mon ami Emilio me le recommanda pour le traitement de la migraine en grappe, et lui-même me dégotta une généreuse dose sous forme de chocolat ; je mis les tablettes de côté au frigo, dans l'attente résignée des premiers symptômes, même si parfois j'imaginai avec candeur que la seule présence de la drogue ferait fuir la maladie. Malheureusement, la grappe se déchaîna vite, juste le jour où nous avions organisé un stage de premiers secours. Il vaut mieux que je m'explique bien : après avoir assisté à une mortelle et rustique introduction aux premiers secours, Jazmina et moi avions recruté d'autres mères et d'autres pères débutants, et étions même parvenus à nous faire prêter la spacieuse maison voisine de notre domicile pour qu'une docteure nous donne un autre cours de quatre heures. Mais le matin ou plutôt au petit matin du grand jour, comme je dis, je fus réveillé par cette douleur intense du nerf trijumeau, laquelle est le signal sans équivoque de l'éveil de la maladie. Mon épouse me proposa d'oublier le stage et de rester à la maison en prenant du *pajarito*.

À quatre heures de l'après-midi, Jazmina et notre bébé partirent et j'avalai la première tablette, disposé à un voyage bref, fonctionnel. Le chocolat était délicieux, et maintenant je pense que c'est ce qui influença ma décision de manger, après une impatiente attente de vingt minutes, une seconde tablette. Cette fois, l'effet fut quasi instantané : je sentis que des mains entraient directement dans ma tête et éteignaient la douleur comme quelqu'un qui reboute deux fils électriques ou compose avec adresse la combinaison d'un coffre-fort. Ce fut une sensation exquise et glorieuse.

Je ne veux pas m'étendre sur le type de malheurs que m'a réservés la migraine en grappe pendant plus de vingt ans. Il suffit de dire qu'elle revient approximativement tous les dix-huit mois et que sa corrosive compagnie dure entre quatre-vingt-dix et cent vingt jours, durant lesquels l'idée de me couper la tête finit par me paraître raisonnable et économique. Occasionnellement, quelques remèdes me permirent de calmer la douleur, mais aucun ne fit l'effet miraculeux du *pajarito*, le petit oiseau. Le *teonanácatl* – j'aurais dû dire avant que ce mot signifie « chair de dieu » – parvenait à me nettoyer radicalement. Évidemment persistait le risque que la douleur ne refasse son apparition, mais d'une certaine manière je savais que non, que j'étais sain et sauf pour un temps long (onze semaines, au jour d'aujourd'hui).

Peut-être que ce fut le bonheur de la santé subite qui me remit en mémoire des vers de Silvio Rodríguez que je n'avais plus entendus depuis des années : « La chanson, c'est l'amie / qui m'emmitoufle et puis me met à poil. » Je chantais à gorge déployée. Je ne me rappelais que le début de la chanson, mais j'inventais le reste avec désinvolture, comme si je devais faire croire à tout un auditoire que je savais les paroles. Plus ou moins à ce moment-là, peut-être en parallèle avec notre idylle musicale, j'eus la conviction qu'Emilio était mon fils. J'eus du mal à accepter la formulation de cette pensée, mais l'association était des plus naturelles : mon ami n'a pas de migraines en grappe, mais il a grandi en voyant son père, l'écrivain Francisco Hinojosa, lutter pendant des décennies – pour de maigres résultats – contre la maladie. De la même manière, si moi je ne parvenais pas à guérir, pensais-je, mon fils finirait par se familiariser avec mes périodes migraineuses. J'éprouvai une tristesse légère, comme dans la bossa nova. Je pensai qu'Emilio était généreux, comme le serait Silvestre dans quelques années. J'imaginais mon fils à vingt ans parlant avec un pote quelconque des grappes de son père. Je visualisai Emilio, ou plutôt je me focalisai sur le visage d'Emilio, spécifiquement sur sa barbe fournie : d'abord lentement, réalistement, minutieusement, avec un rasoir électrique, et tout de suite après avec beaucoup de mousse et un épatant rasoir de barbier, je le rasai. Et je lui passai même de l'after-shave. Je voulus lui écrire. Je lui écrivis :

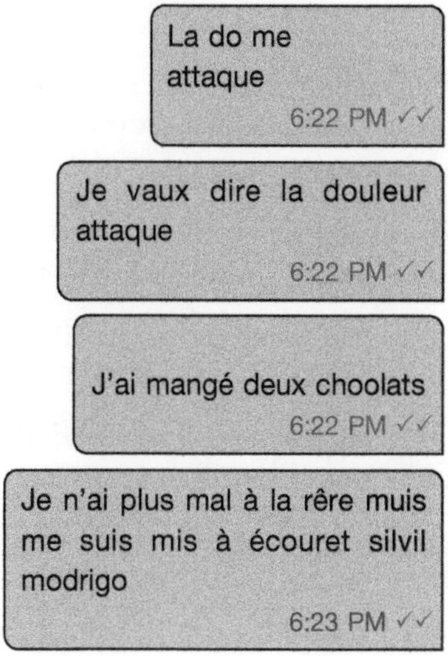

Plus exactement, je n'avais pas écouté Silvio Rodríguez, mais bien ma propre voix chantant une de ses chansons, mais c'est comme ça que j'ai choisi de rédiger le message.

Ensuite, la sonnette a retenti plusieurs fois de suite. Je n'ignore pas que certains pensent qu'appuyer sur la sonnette en rafale est une habitude sympathique, ce n'est pas mon cas. Je me mis à la fenêtre et ma mauvaise humeur se transforma en perplexité, parce qu'en bas se trouvait Yuri. Je dis bien : la chanteuse Yuri. L'insensée qui venait de sonner chez moi était la chanteuse mexicaine Yuri, laquelle, me voyant penché à la fenêtre du deuxième étage, me cria : « Je n'ai pas de thune pour le taxi et ce connard attend ! » Perchée sur des talons qui pouvaient bien passer pour des échasses, Yuri me parut emphatique, courageuse et admirable. Elle recommença à me crier après ou à me demander de l'argent, avec autorité. J'avais un billet de cinq cents, trop d'argent pour un taxi, mais je le lui lançai par la fenêtre. Elle l'attrapa avec adresse, le chauffeur lui rendit la monnaie qu'elle rangea allègrement dans son sac et elle partit sans dire au revoir.

Je ne me souviens pas de m'être dit que la présence de Yuri était une hallucination. Je ne me souviens pas d'avoir douté de son identité. Pourquoi étais-je si sûr – et je continue à l'être – que cette petite arnaqueuse boulotte était la chanteuse Yuri ? Mais je pensais, alors que je marchais vers la chambre (notre appartement est tout petit, mais ma sensation de l'espace avait changé), que Yuri avait un mari chilien et évangélique et qu'à travers des yeux mexicains peut-être qu'on se ressemblait, lui et moi. Il ne fait pas de doute que j'ai une tête de Chilien, mais j'ai peut-être aussi une tête d'évangélique, de Chilien évangélique, ai-je pensé. C'est alors que je compris que j'étais drogué. D'un certain étonnement je passai à des fous rires qui sonnaient assez faux : peut-être ne riais-je que pour me prouver que j'étais capable d'articuler un rire. Comme quelqu'un qui sort d'une longue réunion dans une ville inconnue et qui calcule qu'il lui reste quelques heures pour prendre un café et jeter un coup d'œil, je voulus profiter de ce voyage, ou plutôt je me sentis obligé de vouloir en profiter. Mais comme le but de ma consommation avait été tristement thérapeutique, je n'étais pas en condition d'en jouir. Dans une bouffée de snobisme, je pensai à écrire quelque chose en mode lysergique. Je voulus lire aussi, j'avais sur ma table de chevet un certain nombre de livres, mais ce n'était pas facile avec la vue brouillée. Je cherchai à coups d'énergiques revers de main, sans succès, mes lunettes. J'envoyai un nouveau message à Emilio, en quête d'un conseil ou d'une simple attention.

Je voulais dire que l'effet était similaire à celui de la marijuana, pourtant je n'étais pas si sûr que c'était comme ça ni que je l'avais ressenti comme ça. C'était plutôt une phrase bouche-trou. Emilio m'appela et, entendant la version planante de ma voix, il rit mais s'inquiéta énormément. Il me dit qu'il aurait suffi, pour éteindre la douleur, d'une demi-tablette. Je lui dis que j'avais fait mousser, mais il ne me comprit pas ou peut-être pensa-t-il que mes chilénismes étaient fatigants. Il me demanda où étaient Jazmina et le petit. Je lui dis qu'ils faisaient un stage de premiers secours et il réagit avec incrédulité, parce qu'il pensa ou comprit que, me voyant dans cet état, mon épouse avait décidé de participer à un stage de premiers secours. Apparemment c'était une réaction illogique ou extraordinairement lente : quelque chose comme affronter un tremblement de terre en lisant une étude sur les tremblements de terre. Je lui expliquai la situation, il s'apaisa. Je lui dis que j'avais faim et que je commanderais de quoi manger sur Uber Eats. Il me dit de l'appeler si j'avais besoin de lui.

En prévision de l'imminente détresse due à la faim, je me lâchai dans ma commande. Laquelle comprenait des tacos du berger, des tacos de bœuf, de chorizo et de porc, des tortillas de steak et de viande séchée pimentée, une tarte aux figues et trois verres *extra large* d'horchata d'amandes. Je patientai en regardant le plan d'Uber sur mon téléphone, le minuscule vélo de Rigoberto avançait avec une rapidité inaccoutumée. Je suppose que je m'attendais à ce qu'il avance très lentement mais son déplacement me parut moins lent, ce que je traduisis comme de la rapidité. Et soudain cette rapidité devint inquiétante. Je pensai : Rigoberto va se tuer, et j'imaginai des centaines de cyclistes traversant stoïquement la ville de Mexico avec leurs sacs à dos Uber Eats, ou Rappi, ou Cornershop, et je fus pris d'une espèce de frisson brouillasseux.

La sonnette retentit, un petit coup bref et prudent. Je ne me croyais pas capable de descendre l'escalier. Je m'assis sur une marche et conçus un plan, qui était brillant et consistait à descendre comme j'étais, sur mon derrière. Au bout d'un certain temps, une demi-heure environ, j'atteignis la dernière marche et me cramponnai au mur, scrupuleusement, comme l'homme-araignée en apprentissage ; quand j'eus réussi à rejoindre la porte de mon immeuble, Rigoberto était déjà reparti. Je sus plus tard qu'il m'avait appelé, j'avais mon téléphone dans ma poche, mais je ne l'avais pas entendu et je n'avais même pas perçu la vibration. Je remontai l'escalier dans le même style inélégant, mais sûr. Le brouillard avançait dans mes yeux, j'avais l'impression d'être au milieu d'un cumulus. Une nouvelle fois, je voulus partir à la recherche de mes lunettes, mais je n'en étais simplement pas capable. Je découvris alors que je les avais sur le nez. Je les avais portées pendant tout ce temps. Les ayant enlevées, je constatai que je voyais bien, ou aussi bien que l'astigmatisme et la myopie me le permettaient ordinairement. Je me traînai jusqu'à la cuisine et mangeai ce que je pus : quelques tranches de cheddar déjà assez raides, un monceau de galettes de riz, voracement plusieurs poignées d'avoine sèche, trois bananes du Chiapas et deux dominicaines, et des dizaines de tenaces mais délicieuses pistaches.

Quand je fus parvenu à retrouver ma chambre, déjà assez désespéré, je pensai à *Octodad*, le jeu vidéo kafkaïen, angoissant, dans lequel un poulpe essaie de coordonner ses tentacules pour exécuter des activités humaines. Je n'y ai joué qu'une seule fois, mais je n'ai pas oublié combien c'était difficile pour Octodad, par exemple, de se servir un café, de tondre la pelouse ou de faire les courses au supermarché. Je m'allongeai sur le sol comme une pelote de laine en pensant à Silvestre et je désirai que quelqu'un me prenne par les mains et *me conduise* jusqu'à lui. Je pensai à mon fils apprenant à marcher à quatre pattes.

« Il y a des petits qui ne marchent pas à quatre pattes » : cette phrase surgit dans ma tête, prononcée avec la voix d'un ami. « Il y a des petits qui passent directement à la marche. » Les spécialistes insistent sur les avantages de la marche à quatre pattes pour le développement du système nerveux, mais il y a aussi des gens qui disent qu'ils exagèrent. Je me rappelai l'histoire d'une prof d'université à l'impeccable trajectoire qui avait reçu une étudiante à quatre pattes. Je veux dire : elle lui avait ouvert la porte à quatre pattes, elle avait accompagné son invitée dans le salon à quatre pattes, elle était allée chercher un verre pour le lui offrir à quatre pattes, et ce ne fut qu'après quelques phrases banales – proférées à quatre pattes – que la prof avait expliqué à son étudiante, soufflée, avec le plus grand sérieux, qu'elle avait décidé de marcher à quatre pattes pendant trois jours, parce qu'elle ne l'avait pas fait quand elle était petite et qu'elle voulait corriger une fois pour toutes cet inconvénient. Jazmina et moi étions morts de rire en écoutant cette histoire, qui maintenant me paraissait très triste, sérieuse ou énigmatique.

Je décidai sur-le-champ d'essayer le quatre-pattes. Je parvins à assurer fermement mes coudes, mais pas mes genoux, et ensuite mes genoux, mais pas mes coudes. Et ainsi plusieurs fois. Toujours par terre, je tournai sur moi-même, comme pour évoquer des dunes. Je me mis sur le dos et je parvins à me traîner avec les talons, dans une sorte de quatre-pattes inversé. Je me retournai, j'essayai les pompes sur coudes et pointes de pied, mais je n'avançais pas : une limace m'aurait dépassé sur le cent millimètres. Alors je conclus que je n'avais jamais marché à quatre pattes. Peu avant, j'avais demandé à maman, au téléphone, si je l'avais fait. « Oui, sûrement, tous les bébés marchent à quatre pattes », m'avait-elle dit. Je n'appréciai pas qu'elle n'en eût pas gardé le souvenir. Elle se rappelait que j'avais appris à parler très tôt (il semblait qu'elle y voyait une espèce de maladie) et que j'avais marché avant un an, mais elle ne se souvenait pas du quatre-pattes. « Oui, sûrement, tous les bébés marchent à quatre pattes », m'avait-elle dit, mais non, maman : tous les enfants ne marchent pas à quatre pattes. Je pensai : le quatre-pattes est, en lui-même, extraordinaire, mais le non-quatre-pattes aussi ; se lever soudain, tel Lazare, et simplement marcher, avec une fluidité spontanée, sans la médiation d'un apprentissage visible. Marcher sans l'avoir fait à quatre pattes est une victoire admirable de la théorie. Ensuite, je me pris à dériver et je me vis analysant, rigoureusement, la chanson « La cucaracha », et cette histoire de cafard semblait me révéler quelque chose de moi-même, ou de Silvestre, ou de la paternité, ou de la vie en général ; quelque chose d'impossible à raconter, mais vrai, déterminé et même mesurable. Je pensai à Silvestre à quatre-vingts ans. Je pensai, avec une incontestable tristesse : « Je ne serai pas présent au quatre-vingtième anniversaire de mon propre enfant, parce que j'aurai… », mais je fus incapable d'additionner quatre-vingt et quarante-trois. Je pensai à la fin de *L'Attrape-cœur*. Je pensai à un récit de Juan Emar. Je pensai à ces beaux vers de Gabriela Mistral : « La ballerine maintenant danse / la danse de la perte de tout ce qu'elle avait. »

Je passais d'une image à l'autre à la vitesse de celui qui ne lit que les premières phrases des paragraphes. Je voulais dormir, j'invoquai le sommeil mais avec mes deux pieds en veille. Ensuite arriva un moment atroce pendant lequel j'entendis qu'on m'appelait, que je devais courir dare-dare jusqu'à la maison voisine, qu'on y avait besoin de moi, et je me sentais complètement impuissant, j'étais complètement impuissant. Je me vis comme un bâtiment aux vitres cassées à coups de pierre. Je me vis comme une balle de yoga dégonflée. Je me vis comme un escargot géant qui bavait sur le sol et tout le monde glissait. De nouveau j'entendis ou j'imaginai que j'entendais les voix de mon épouse et de mon fils qui m'appelaient, et, puisant dans un dernier reste, presque héroïque, d'énergie, je pus me mettre debout et je parvins à faire deux pas avant de me casser la figure.

Je restai par terre, j'avais mal partout. Je fermai les yeux pendant plusieurs minutes. Je n'avais pas sommeil, mais je savais que j'avais encore la capacité de dormir. J'y parvins. Après, je me souviens que je me sentais mieux. Plutôt : je croyais me sentir mieux, mais je me méfiais aussi de mes sensations, raison pour laquelle je m'efforçai ensuite à tâtons d'inventorier ou de réveiller mes sens. J'osai un prudent quatre-pattes tout timide. J'avais très mal aux genoux, ce que, peut-être à cause de mon éducation catholique, j'interprétai comme un signe positif. J'arrivai dans le salon, je restai à quatre pattes et regardai les plantes. De ravissantes fourmis, les plus noires, brillantes et dansantes de l'histoire de l'humanité, allaient et venaient sur un petit chemin qui commençait dans un sillon de la fenêtre et terminait sur le sommet d'un pot. Je les regardai intensément : je les absorbai, je m'en régalai. Je leur dis quelque chose, plus que quelque chose, je ne m'en souviens plus. Je me concentrai ensuite sur les plantes. Je disais son nom à chacune : Succulente, Bromelia, Laurier-Rose.

J'écrivis ce message à Jazmina, je me sentais mieux :

C'est terrible
7:49 PM ✓✓

Le voyage
7:49 PM ✓✓

Pareil s'aluser avec les fourmis 🐜
7:49 PM ✓✓

🐜
7:49 PM ✓✓

À un moment, je me rendis compte que le jour était tombé et que je pouvais me déplacer avec une certaine normalité. Le stage des premiers secours devait tirer sur sa fin ou peut-être était-il déjà fini. Je considérai la possibilité de ne rien faire. Je ne considère presque jamais cette possibilité. Je choisis d'entreprendre quelques petits voyages « du lit au salon » (je ne pensais pas, alors, à la chanson de Charly García), pour préparer mon périple vers la maison d'à côté. Ce furent de nombreux voyages, à en juger par l'heure du message suivant, que j'envoyai à Jazmina juste avant de sortir dans la rue :

I miss my kid.
9:06 PM ✓✓

Quand enfin je fus sûr que je ne m'effondrerais pas, je reçus l'air frais de la nuit comme une bénédiction. J'idéalisais la scène imminente : j'anticipais ou, pour mieux dire, je prévisualisais avidement Jazmina et Silvestre ; j'imaginais qu'ils coïncidaient, qu'ils étaient de nouveau une même personne. Mais ce que je vis en premier lorsque j'ouvris la porte fut déconcertant : un groupe d'adultes à quatre pattes. En moins d'une seconde, je pensai que j'étais encore en plein voyage, ou qu'ils avaient pris eux aussi du *pajarito*, ou que ce n'était pas un stage de premiers secours, mais bien de quatre-pattes. Une des quatre-patteuses, peut-être la plus engagée, était Jazmina. Quand elle me vit, elle se leva, me serra dans ses bras et m'expliqua que le stage était terminé, mais qu'ils cherchaient depuis une bonne demi-heure le téléphone portable de la docteure. Je retrouvai ma respiration ou mon humour, qui sont plus ou moins la même chose. Silvestre dormait. Je l'embrassai sur le front et j'eus envie de le prendre dans mes bras, mais je me retins, on ne sait jamais, et me joignis avec intrépidité et ambition au groupe des quatre-patteurs (« Ça, oui, je peux le faire comme il faut », pensai-je), mû par le désir, par esprit de compétition ou de révolte, ou les deux, que ce serait moi qui retrouverais le portable de la docteure. Sous la table se trouvait mon ami Frank, l'air de s'ennuyer ou près de s'effondrer. Il me dit, en anglais, pour ne pas être compris des autres – à mon avis, toutes les personnes présentes comprenaient l'anglais –, que la docteure exagérait.

La docteure était dans un état, en effet, exagérément abattu : elle marchait à quatre pattes comme un bébé qui cherche son hochet le plus précieux. Elle se releva, s'adossa à une porte-fenêtre dans une pose mélancolique. Elle regardait le plafond et dodelinait de la tête comme quelqu'un qui essaie, pour la énième fois, de se rappeler un nom, une adresse ou une prière. La scène fut pour moi d'une longueur insupportable, vingt bonnes minutes de docteure faisant son deuil du portable perdu.

On m'avait recommandé de boire du lait glacé pour couper mon trip, mais à ce moment il m'a semblé que la docteure en avait plus besoin que moi. Elle accepta le verre avec une certaine perplexité. Surgit alors le dénouement évident, tranchant, bâclé : Frank avait rangé sans le vouloir, au fond de son sac à langer, le fameux téléphone portable. Mon ami fit à la docteure un sourire canaille, qu'elle ne lui rendit pas : elle but solennellement, professionnellement, son verre de lait, et s'en alla. Et nous tous aussi.

Je pris le petit dans mes bras et je le berçai en chantonnant une version très rapide de « Maldita primavera », de Yuri. Jazmina riait et bâillait. Nous marchâmes d'un pas ferme, avec l'ardeur et la joie de ceux qui rentrent chez eux après un long séjour dans un autre pays. Le petit dormait placidement quand je lui dis, avec les yeux, qu'il pouvait ne jamais marcher à quatre pattes, qu'il pouvait ne jamais marcher du tout, que ce n'était pas nécessaire : que je pouvais le porter dans mes bras toute ma vie.

Bonjour, nuit

I

Il fait nuit, mais je suis réveillé
– tu le dis sur un ton journalistique
alors j'allume la radio
et pendant quelques minutes nous regardons
les fugaces trottoirs gelés
et le point de fuite entre le câblage
des réverbères

bonjour, nuit – dis-tu
moi, j'éclate d'un rire
qui est aussi un bâillement
j'accepte le nouveau jour
et je change ta couche
avec une anonyme habileté

pendant que je prépare le petit déjeuner
tu sembles absorbé dans un puzzle invisible
mais quand je reviens avec ton avoine

et la moitié d'une mangue
carapace de tortue
je découvre que tu dors
la bouche entrouverte
dans un coin du canapé
impassible comme un chat sur un mur chapeauté de ronces

je m'assieds à côté de toi
et je bois un demi-litre de café
en attendant que le jour se lève.

II

Et il marcha et il marcha
jusqu'à ce qu'un jour il arrivât
à la cuisine

et il marcha et il marcha
jusqu'à ce qu'un jour il arrivât
au cabinet

et il marcha et il marcha
jusqu'à ce qu'un jour il arrivât
dans son lit

et il s'endormit
et en regardant ses paupières
vibrer en plein sommeil

on aurait dit qu'il continuait à marcher
et sautait plus haut que plus haut
et grandissait plus grand que plus grand.

III

Le jour de ton anniversaire numéro deux
tu ne voulus pas taper sur ta propre piñata
merci, papa, mais tape-la toi – m'as-tu dit

et tu as bougé ta main droite
au rythme contagieux de *vas-y vas-y vas-y*
ne perds pas le rythme
car si tu le perds
tu perds ton chemin

je fais sonner une cloche, m'as-tu dit
je ne peux pas taper la piñata
car ma main est occupée
à jouer de la cloche

je t'ai dit que tu pouvais taper sur la piñata
de la main droite
et continuer à jouer
de cette cloche imaginaire
de la main gauche
et tu m'as regardé comme pour dire non
ce n'est pas possible
ça n'a aucun sens.

Français pour débutants

Tu veux le livre de la taupe, que ces derniers temps tu lis avec ta mère tout le temps, mais c'est en français, une langue que je connais mal – « Mais si, tu sais le français, papa », me dis-tu pour me mettre en confiance. J'attendais des protestations, et même des pleurs, mais tu me parles comme si c'était toi le père et moi un type qui a le trac de monter sur scène.

Je cherche sur tes étagères ce livre rectangulaire et fuyant dans l'espoir de ne pas le trouver, mais je ne veux pas te mentir – je ne veux pas te mentir et en même temps je veux que tu croies, que tu continues à croire que je sais le français, ou peut-être ce que je veux c'est que, miraculeusement, par le seul fait que j'aie le désir de te lire ce livre, surgisse dans ma tête un savoir préalable et solide de la langue française. Parce que je veux te le lire comme il faut, sans omissions ni hésitations. Je veux qu'il y ait de la musique. C'est la première chose que nous faisons chaque matin, nous écoutons de la musique et nous dansons. Et quand nous nous installons sur le canapé pour lire, je veux que la littérature soit une prolongation naturelle de la musique, une autre forme de musique.

C'est une histoire géniale qui, par-dessus le marché, est en accord avec ta récente passion pour la scatologie : la taupe a reçu une crotte sur la tête et, au lieu de se nettoyer, elle décide de l'utiliser comme pièce à conviction qui lui fera trouver le coupable, aussi se rend-elle chez le pigeon, parée de l'étron en guise de toupet ou de couronne. Le pigeon proteste de son innocence et produit sur-le-champ un excrément spontané qui ne ressemble en rien à la crotte que l'héroïne porte sur la tête. La pauvre taupe affronte avec courage et dignité les suspects suivants, mais le lièvre, la chèvre, la vache, le cochon produisent également leurs propres échantillons fécaux qui fonctionnent comme d'irréfutables alibis, aussi ne lui reste-t-il plus d'autre remède que de consulter l'opinion experte de certaines mouches, qui se posent sur le caca-couronne et concluent que sans aucun doute…

La fin, tu la connais déjà. Les fins, pour toi, ne sont pas liées à une clôture, elles ne représentent pas un objectif non plus, elles sont plutôt une position intermédiaire, comme lorsqu'un sprinter a fait son circuit complet, mais qu'il reste plusieurs tours pour que la course soit terminée. Et ainsi fonctionne également, en réalité, la littérature des adultes, même si nous l'ignorons la plupart du temps ; nous nous soumettons, la plupart du temps, à la superstition de la fin, du dénouement, car nous avons parfois besoin de supposer que les histoires finissent, obéissantes, à la dernière page.

Je traduis du mieux que je peux et j'improvise des voix différentes et, je l'espère, amusantes pour les animaux de ce livre. Plus j'avance, plus je me raccroche aux branches, mais non, ça ne colle pas, et tu t'en rends compte. Il me semble que tu ne t'arrêtes pas, comme d'autres fois, sur les dessins : tu prêtes attention aussi à ces mots inconnus que tu associes aux phrases pour toi déjà familières des personnages. Tu sais pourtant que lire avec moi, ce n'est pas pareil que lire avec ta mère, mais tu es surpris que ma version soit si différente de la sienne. Tu me corriges, tu perfectionnes au passage ma traduction. Pour la relecture, pour la première relecture, j'incorpore ces nuances que je ne connaissais pas et que tu viens de me révéler, de sorte que l'histoire coule mieux, que, du coup, mon interprétation s'améliore, que la voix de la taupe devient plus marrante, par exemple.

Tu connais à la perfection l'histoire de la taupe, tu pourrais presque la lire tout seul, même si, pour l'heure, lire est quelque chose que tu fais à travers ta mère, à travers moi, à travers ta grand-mère, et à travers n'importe quel adulte qui se trouve à ta portée. Il y a des jours où tu me dis : « Lis-moi », mais aussi, fréquemment, tu dis : « Je veux lire », ce qui, bien entendu, ne signifie pas que tu veuilles apprendre à lire tout seul, mais bien que tu veux que je lise pour toi, ou peut-être plus exactement que tu veux qu'il se passe ce qui se passe quand nous lisons, parce que ce qui se passe est toujours différent, ça, nous le savons déjà : entre lecture et relecture, en une poignée de secondes, le livre a changé et nous avons changé nous-mêmes ; nous nous arrêtons sur des épisodes différents, nous jouons à un jeu fait d'interruptions et de continuités qui est toujours nouveau.

Avant, quand tu venais d'apprendre à marcher, tu me voyais en train de lire et tu grimpais sur mes genoux pour t'insinuer entre le livre et mes yeux, comme les chats, mais toi, tu avais la courtoisie de ne pas griffer les pages. Tu as vite perdu cette courtoisie, car, de la curiosité, tu es passé à la rébellion : me voir lire seul, en silence, a commencé à devenir pour toi intolérable et tu me prenais le livre des mains ou bien tu déchirais la page. C'est que la lecture silencieuse semble individualiste, avare, fanée. Maintenant, quand tu me surprends en train de me livrer à cet acte mesquin, la lecture silencieuse, tu me demandes de lire à haute voix, et moi j'accepte toujours, de sorte que tu connais déjà quelques phrases de Jenny Offill et deux vers d'Idea Vilariño, et même jusqu'à deux ou trois paragraphes de *La Montagne magique*.

La musique, on ne t'en a rien appris, personne, et ce n'a pas été nécessaire. La musique était là, depuis avant l'accouchement ; personne n'a eu à t'expliquer ce que c'était, ce que c'est, comment ça fonctionne. La littérature non plus, personne ne t'a rien expliqué et j'espère que personne ne te l'expliquera jamais. La lecture silencieuse est, dans un certain sens, une conquête ; nous qui lisons en silence et en solitude, nous apprenons, justement, à être seuls ou, pour mieux dire, nous reconquérons une solitude moins agressive, une solitude vidée de l'angoisse ; nous nous sentons peuplés, multipliés, accompagnés pendant que nous lisons en une silencieuse solitude sonore. Mais tu vas le découvrir par toi-même dans quelques années, je le sais. Tu vas décider par toi-même si cette forme de connaissance tellement étrange, tellement spécifique, tellement difficile à décrire que permet la littérature t'intéresse encore.

Nous lisons le matin et parfois aussi l'après-midi, et tous les soirs ta mère et moi te lisons trois histoires avant que tu t'endormes. Tu n'acceptes pas une histoire, ni deux, il en faut trois. Et jamais tu ne nous demandes de relire une des trois histoires, le soir. C'est maintenant, le matin, que tu sembles préférer la répétition d'une même histoire. Peut-être que les livres diurnes fonctionnent pour toi davantage comme une musique et que les nocturnes sont les vraies histoires, mais je n'avancerai pas de conclusions, parce qu'en plus ce sont les mêmes livres, il n'y a pas un répertoire d'histoires diurnes et un autre d'histoires nocturnes (la seule catégorie stable et mystérieuse est celle des livres que tu appelles « en caca », parmi lesquels, curieusement, ne figure pas l'histoire de la taupe). Il arrive aussi que tu me demandes le matin l'histoire que j'ai lue la veille au soir, comme si, au long des huit ou neuf heures pendant lesquelles tu dors, le livre était resté en suspens, survolant ton sommeil.

Chaque soir, la lecture construit un rapprochement ou un seuil : c'est le tronçon du chemin que nous pouvons seulement faire à vue. Après avoir lu, lampe de poche en main, *Jeu d'ombres*, d'Hervé Tullet, la cérémonie devient interminable, et quelque chose du même ordre se passe avec *Le Livre sans images*, de B. J. Novak, qui génère chez toi quelques éclats de rire féroces, ou avec *Le livre qui pue*, de Babette Cole, ou presque toutes les magnifiques histoires de Gianni Rodari. En réalité, nombreux sont les livres qui serrent la vis à l'envers, car, au lieu de te construire l'approche de ton sommeil, ils te réveillent un peu plus : soudain tu parais avoir la certitude que dormir, c'est une perte de temps. Mais on s'en fiche, la fonction de la littérature n'a jamais été de favoriser le sommeil de personne. La lecture agite de plus en plus ton imagination en elle-même agitée, mais il n'empêche qu'elle contribue à terminer la journée comme il faut. Ce qui importe, c'est le rite, bien entendu, la cérémonie. L'accompagnement.

Dans son bel essai *Comme un roman*, Daniel Pennac regrette que lui-même et son épouse aient cessé de lire des histoires à leur fils quand il avait appris à lire tout seul. Mais peut-être ne fut-ce la faute ni du père ni de la mère. Il se pourrait que l'enfant lui-même ait décidé de les écarter de la cérémonie de la lecture. Nous ne voulons pas de ça chez nous. La lecture n'appartient pas à la série d'activités que nous faisons pour toi pendant que tu apprends à les faire seul. Ce n'est pas comme se brosser les dents, ou s'habiller, ou se couper les ongles.

Ce n'est pas non plus comme marcher, même si j'aime bien me dire que ça y ressemble. Nous t'avons porté dans nos bras jusqu'à ce que tu apprennes à marcher et nous continuons à te porter quand tu te fatigues, et parfois tu n'es pas fatigué et nous te portons tout pareil, et nous continuerons à le faire tant que nous pourrons te soulever et que toi tu supporteras le poids symbolique que nous te faisons porter. Maintenant tu lis à travers nous, mais quand tu liras par toi-même, peut-être ne trouveras-tu pas drôle que nous lisions pour toi.

Nous devrons inventer quelque chose, j'espère que nous trouverons le moyen de perpétuer cette cérémonie, la plus importante de la journée ; qu'elle change de forme, mais qu'elle persiste.

Après les histoires, la musique, la dernière musique. Toujours, depuis tes premiers jours de vie, je te chante « Beautiful Boy », mais les autres chansons ne sont pas des berceuses. Peut-être « Two of Us » a quelque chose d'un *lullaby*, même si ce n'est pas une chanson pour les parents et les enfants, c'est une chanson sur l'amour et le compagnonnage, et c'est pour cette raison que je te la chante. Les autres chansons – de Violeta Parra, de Silvio Rodríguez, d'Andrés Calamaro, de Los Prisioneros – sont des chansons d'amour ou des *protest songs*, ou des chansons d'amour et des *protest songs* en même temps.

Tous les soirs, à notre tour, ta mère et moi, nous accomplissons le rituel des trois livres et des trois ou quatre (ou cinq) chansons. Les matins, au contraire, commencent toujours avec moi. Moi, qui étais un éternel oiseau de nuit, je m'ébroue maintenant avec toi : presque tous les jours de ta vie, nous avons vu ensemble le soleil se lever. Bien que tu n'aies pas toujours apprécié que je sois ton inconditionnel compagnon du matin. En des temps qui me semblent maintenant lointains, tu me regardais avec un mélange de défiance et une expression sérieuse et hautaine que je ne sais pas définir. Tu pleurais vingt secondes, parfois une minute entière, avant de trouver de la consolation auprès de moi. Je suppose que le salon était comme un bar où, nourrisson, tu te rendais pour pleurer sur tes chagrins d'amour et que j'étais le barman qui savait à la perfection comment tu aimais ton jus d'orange, ou le client anodin, mais amical, qui était toujours là, disposé à t'écouter, à rire de tes blagues et à payer l'addition.

« On continue, papa », me dis-tu maintenant. Je n'ai pas envie de lire l'histoire de la taupe pour la troisième fois, mais je sais que, dans ce cas-là, *continuer à lire* signifie *continuer à lire le même livre*. Au beau milieu de cette lecture, ta mère apparaît dans le salon et salue attentivement le soleil, tandis que nous lisons l'histoire de la taupe pour la quatrième, la cinquième fois, et, à en juger par son sourire complice, je comprends que je réussis mon épreuve de littérature française durement acquise. « Merci », me dis-tu, quoi qu'il en soit, avant de partir avec ta grand-mère qui vient d'arriver pour t'emmener au bois de Chapultepec. Je me réjouis et m'enorgueillis que tu trouves bon de dire merci, mais cette fois encore je suis déconcerté et je suis ému, parce que c'est la première fois que tu me dis merci pour la lecture, ou la compagnie, ou que sais-je ? en réalité, je ne vois pas clairement pourquoi tu me dis merci. *Merci pour avoir lu ce livre en français, alors que tu ne sais pas le français. Merci pour essayer de dépasser tes limites intellectuelles pour me divertir.* C'est peut-être quelque chose comme ça que tu veux dire

Je devrais passer dans la petite pièce de la terrasse où habituellement je travaille, mais avant de monter je me prépare encore du café et je retourne au canapé pour relire l'histoire de la taupe, je ne sais pas très bien pourquoi. En fait, il n'y a aucun mystère : parce que tu me manques, ben tiens. C'est fréquent chez moi, chez ta mère aussi : juste quand, enfin, nous avons du temps pour travailler, ton absence nous distrait.

Tout en tournant les pages, je me prépare à te lire de nouveau cette histoire dans un futur proche. Malgré le peu de mots qu'il contient, c'est, à la lettre, le premier livre que je lis en français. Ce qui me fait rire, parce que le français est la langue de Marguerite Duras, de Flaubert, de Perec et de Bove, entre autres auteurs que j'ai essayé de lire dans leur langue originale, parfois avec des résultats convenables, mais toujours faux ou trompeurs, parce que les livres de ces auteurs je les avais lus d'abord en espagnol, et il y avait des passages que je savais par cœur et des mots que je déduisais ou que je me moquais d'ignorer.

Oui, l'histoire de la taupe est le premier livre que je lis véritablement en français, et je trouve que le fait que tu sois celui qui m'as aidé à le lire est un détail crucial, précieux, instructif. Ce n'est que maintenant que je remarque le titre de l'histoire, lequel, dans les livres pour enfants – c'est une évidence, mais je viens juste de le découvrir –, remplit une fonction différente, il est moins important ; j'avoue que j'ignore les titres d'une bonne partie des livres que j'ai lus avec toi ; tout comme toi, je ne les identifie pas par leur titre, mais bien par l'animal de la couverture, ou par la couleur de la couverture, ou par le format du livre, aussi n'est-il pas étrange du tout que je ne me souvienne pas du titre grandiose de l'histoire de la taupe : *De la petite taupe qui voulait savoir qui lui avait fait sur la tête.*

Dans la littérature enfantine, les titres ne comptent pas et il se peut que les auteurs comptent encore moins. À ce sujet, j'ai l'idée de regarder les noms parfaitement allemands de l'auteur et de l'illustrateur du livre de la taupe : Werner Holzwarth et Wolf Erlbruch. Je viens alors de comprendre que notre livre est une traduction, comme le confirment les lettres minuscules des crédits : *Vom kleinen Maulwurf, der wissen wollte, wer ihm auf den Kopf gemacht hat*. Ce qui est le titre original.

Je demande à ta mère pourquoi elle a acheté le livre en français et pas en espagnol. Elle me dit qu'en espagnol il était épuisé, et qu'elle l'aurait acheté aussi bien en allemand, en japonais ou en n'importe quelle autre langue, parce qu'elle le trouve génial et le sait par cœur, c'est une des histoires que sa mère lui lisait. Quand elle lit ce livre avec toi, elle regarde à peine les mots imprimés, simplement elle opère avec ses souvenirs ; elle est sûre de le lire en utilisant les mêmes mots que sa mère lisait dans le livre en espagnol, traduit en espagnol, qu'elles avaient chez elles. Je lui demande ce qu'il est arrivé à ce livre de la taupe en espagnol. Elle me dit qu'un jour sa mère avait offert à une bibliothèque tous les livres qu'elles avaient lus ensemble.

Je monte sur la terrasse en pensant à cette vaillante taupe offensée qui avance à travers les générations avec son amusante crotte sur la tête. Ta grand-mère, ta mère et toi, vous êtes tout à coup une seule et même personne qui parle, écoute et sourit. Tu as aussi des livres chez ta grand-mère, dans sa maison, que je ne connais pas tous. « Je vais faire un coup d'État à ces chocolats », as-tu dit un soir, et j'ai mis des heures à me demander d'où tu avais sorti l'expression « coup d'État », et je suis même allé jusqu'à me sentir coupable pour l'avoir glissée sans réfléchir et sans t'expliquer son épouvantable signification. Mais après, j'ai vu chez ta grand-mère le gros album de *Mafalda*, et j'ai compris que j'avais trouvé la source. Je t'ai lu quelques strips avec un accent argentin, comme je le fais pour les livres de Liniers ou d'Isol, mais tu m'as regardé déconcerté et aussitôt furieux, parce que ta grand-mère te les « traduit » en mexicain. « Mafalda n'est pas argentine, papa ! », m'as-tu crié, au bord des larmes.

Soudain je me laisse assombrir par l'évidence, confirmée par mes parents, qu'ils ne me lisaient pas d'histoires avant de dormir. Je m'apitoie sur mon sort, c'est une pensée faible, facile. Je pense à ma grand-mère qui, au lieu de nous lire des histoires, partageait avec nous toutes sortes de racontars sur la communauté qu'elle avait perdue quand elle était jeune, lors du tremblement de terre de Chillán, en 1939. Presque tous ses amis de jeunesse étaient morts, mais il restait leurs histoires, que ma grand-mère savourait en les recréant pour ma sœur et pour moi. Soudain elle se rappelait que les protagonistes de ses fictions étaient morts, elle les regrettait, elle éclatait en sanglots et nous devions nous coucher dans son lit près d'elle pour la consoler. Ces histoires furent, comme dirait Natalia Ginzburg, notre latin. Peut-être qu'après, quand je me suis mis à écrire, je voulais honorer et imiter ces va-et-vient entre le rire et les larmes qui se produisaient quand nous écoutions ma grand-mère.

J'essaie de retourner au roman sur lequel je travaille, mais cette fois je suis distrait par la pensée, également sombre, que les livres ne sont pas comme des habits qu'il faut donner quand ils deviennent trop petits, et je nous engage aussitôt, avec une solennité ridicule, à ne jamais nous défaire des livres que nous avons lus ensemble, parce que ce serait comme nous défaire d'albums de photos ; je pense à ces livres, à tes livres, comme documents, je veux les garder comme s'ils étaient des mèches de tes cheveux ou ta première échographie. C'est une pensée idiote, particulièrement venant de moi, parce que, avant de déménager pour le Mexique, moi-même je me suis défait d'une bibliothèque entière. Il me semblait insensé de changer de pays en trimballant des cartons de livres que peut-être je ne relirais plus.

Il y avait déjà une petite bibliothèque dans ta chambre quand tu es arrivé. Dès que nous avons su que tu étais en route, ta mère et moi avons commencé à passer des heures dans le rayon jeunesse des librairies à chercher tes livres du futur ; nous ne connaissions rien de toi, mais nous connaissions déjà quelques-uns des livres que nous lirions ensemble. Depuis lors, nous faisons en sorte qu'il y ait toujours une nouvelle histoire, pour que tu ne t'ennuies pas, mais en réalité c'est nous qui envisageons le risque de nous ennuyer.

Ta bibliothèque est cette autre bibliothèque que j'avais, que j'ai perdue, miniaturisée et, bien entendu, perfectionnée, parce qu'elle demeure immunisée contre ce *tsundoku* qui se répand comme un virus sur les autres étagères de la maison, si pleines de livres en attente que parfois, à les regarder, c'est comme examiner la pile de factures en souffrance. Il n'y a pas, dans tes rayonnages pleins à craquer, de livres intacts, ignorés. Tous tes livres, nous les avons lus, à l'heure qu'il est, au moins dix fois.

Mon roman avance un peu, bien que, pendant que j'écris, je sois encore en train de penser à tes livres, aux livres pour enfants, et à ma spectaculaire ignorance. Au bout de cinq minutes de déambulation sur Internet, je constate que l'histoire de la taupe est un classique absolu de la littérature enfantine et qu'ignorer son existence équivaut à ne pas avoir la moindre idée de qui étaient Sandro Botticelli ou Martina Navratilova. Livre album, album illustré, livre illustré, comics, BD, roman graphique… Je récapitule les concepts comme quand j'essayais de mémoriser la classification des climats de Köppen, ou comme si j'avais un cours à donner. Mais je n'ai pas de cours à préparer. Je dois m'asseoir à côté de toi, rien d'autre, et lire pour toi ces endroits du livre où il y a des mots, pendant que tu lis tout le reste. Et il est peut-être plus exact de comprendre que ce sont les mots, *tout le reste*.

Je trouve de plus en plus absurde l'existence d'une littérature non enfantine, d'une littérature pour adultes, pour non-enfants, une littérature-littérature, une littérature vraie de vraie ; l'idée que j'écris et que je lis de la littérature vraie de vraie et que les livres que nous lisons ensemble sont une espèce de substitut, ou de succédané, ou d'imitation, ou de préparation pour la littérature véritable me paraît aussi injuste que fausse. Parce que, honnêtement, je ne trouve pas moins de littérature dans une histoire de Maurice Sendak ou de María Elena

Walsh que dans mes favoris de la « littérature adulte ». Il est pour moi impossible, évidemment, de t'imaginer en train de lire mes livres : ceux que j'ai écrits ou le roman sur lequel je suis en ce moment. Ce sont des histoires presque toujours tristes, et peut-être ne sont-elles pas nécessaires ; avant que tu les lises, je devrais t'expliquer beaucoup de choses qu'à coup sûr tu comprendrais, mais je n'ai pas la certitude d'être capable de te les expliquer.

Je retourne à l'appartement sous le prétexte de manger une barre de céréales. J'entre dans ta chambre. Je regarde tes vêtements, tes étagères de livres. Nous avons déjà donné plein de tes vêtements, et j'adore voir, par exemple, la fille d'une amie portant le t-shirt du système solaire que tu avais. Mais j'ai du mal à imaginer qu'un jour nous donnerons tes livres, ta petite guitare rouge ou ton costume d'astronaute.

Ce sera toi, bien entendu, qui décideras de donner ces livres, qui peut-être t'embêteront quand tu voudras quitter, une fois pour toutes et pour toujours, l'enfance. Je reste à regarder l'étagère chaotique et soudain je comprends que ces livres dont le titre m'échappe, écrits par des gens dont j'ignore le nom, sont exactement comme les livres qu'à partir de maintenant je veux écrire.

Foule

Dans mon rêve apparaît un homme qui, il y a des années, à New York, se postait au coin de Bryant Park ou à l'entrée de Grand Central pour classer les gens – *tourist, not a tourist, tourist, tourist, tourist, not a tourist*, décidait-il, sur un ton mécanique et, à la fois, étrangement aimable. Il mesurait près de deux mètres, avait les cheveux longs, rouges, ébouriffés, et ses yeux verts semblaient incrustés dans son visage, qui reflétait une permanente et extrême concentration. L'homme était vraiment engagé dans son ambitieux projet de classement de tous les visages de la foule, et il me donnait l'impression qu'il y parvenait, mais voilà que, soudain, il hésitait ou se trompait, par exemple pour moi : mon visage d'émigré l'induisait à me considérer presque toujours comme *not a tourist*, mais d'autres fois il changeait de verdict.

Dans mon rêve, tout arrive sous la même forme que dans mes souvenirs, sauf que nous ne sommes pas à Bryant Park ni à Grand Central, mais dans un coin tout aussi surpeuplé de Mexico ou de Santiago du Chili. Je ne sais pas si le fou me regarde, non plus s'il me classe, mais sa présence me réjouit, j'ai le sentiment qu'elle est de bon augure. Au coin de rue suivant, je tombe sur une amie – une personne que je ne connais pas, que je n'ai jamais vue, mais dans mon rêve je sais que nous sommes amis –, qui fait la même chose que le fou, mais elle n'a pas l'air d'une folle, elle est accablée, ou furieuse, ou les deux. Je veux m'arrêter et lui parler, mais je comprends que je ne peux pas interrompre son travail. Maintenant, j'ai la certitude que je suis à Santiago et que je marche en direction de la cordillère (que je ne vois pas ni ne cherche à voir, mais que je sais être là). Je marche plus vite, je veux savoir si, au coin suivant, il y aura encore quelqu'un chargé de ce travail absurde, horrible. *Ils devraient avoir un formulaire, ils vont oublier*, je pense, et alors je regarde la foule et survient une autre pensée vague, disruptive, quelque chose comme *ça c'est la foule* ou *je suis dans la foule*, et alors la force de ces mots s'entremêle avec la voix de mon fils et je me réveille.

Il est cinq heures et quart et mon fils a allumé sa lampe Miffy. Je le prends dans mes bras et lui dis, comme à chaque fois, que la nuit, c'est fait pour dormir, et le jour pour jouer. Il me regarde avec compassion, comme s'il regardait quelqu'un qui s'obstine pour une cause inutile. Jusqu'à il y a quelques semaines, quand Silvestre se réveillait avant le lever du jour, nous nous approchions de la fenêtre et nous jouions à compter les voitures rouges, blanches ou bleues – il choisissait, chaque fois, la couleur –, déjà nombreuses à cette heure, ou bien nous devinions les prénoms des passants qui couraient en direction du métro avec leurs cheveux encore mouillés. Cette fois, il n'y a personne sur les trottoirs, une voiture passe de loin en loin, et je pressens que mon fils va me demander de nouveau, comme il le fait tous les jours ces derniers temps, où est tout le monde, je prépare même une réponse, mais il ne me pose pas de question, il dort à demi et soupire sur ma poitrine.

Aidé par le rythme indécis du fauteuil à bascule, je pense dans mon sommeil à cette foule qui soudain est devenue abstraite, indéfinie, hors du temps. Il n'est pas rare que je rêve de foules ; au contraire, mes rêves sont souvent remplis de figurants qui se transforment en personnages secondaires et de personnages secondaires qui tout à coup ont un rôle de premier plan, mais je me demande si ce rêve est nouveau, si cette foule est nouvelle. Peut-être que tous les gens qui jouaient dans mon rêve ont rêvé eux aussi, cette nuit, de rues remplies de monde. Cette idée, cette fantaisie lyrique m'excite. Je pense aux personnes qui ont passé l'enfermement, la pandémie, à rêver de foules impossibles. Je pense à mes amis du Chili qui, il y a deux mois, manifestaient dans les rues et qui maintenant refabriquent, momentanément seuls, nos rêves collectifs. Je pense à la discutable beauté du mot *foule*. À ce que ce mot montre et à ce qu'il cache.

Je me rappelle un soir, j'avais douze ans, dans le métro. Nous étions nombreux qui, à cette heure, près de huit heures du soir, rentrions de nos écoles dans le centre de Santiago vers nos pavillons de Maipú. Les bus promettaient de l'animation ou, au moins, de la compagnie, mais ce soir-là j'avais choisi le métro pour prendre de l'avance, je ne voulais voir personne. J'étais triste, je ne me rappelle plus pourquoi. Mais je me rappelle bien quand, quelques secondes avant de descendre à la station Las Rejas, j'avais regardé la foule dont je faisais partie et pensé quelque chose comme : *Tous, ils ont une vie, tous, ils rentrent chez eux, à tous il manque quelque chose ou ils en ont trop, tous sont tristes, ou heureux, ou fatigués.* Des années plus tard, quand on m'a parlé du concept d'*épiphanie*, j'ai su immédiatement à quelle expérience l'associer.

Après le petit déjeuner, nous écoutons de la musique, puis nous nous asseyons par terre pour dessiner avec les crayons de cire. J'ai l'impression que mon fils s'occupe bien tout seul, aussi je me ressers du café et je me plante devant la fenêtre. Le soleil s'affirme à l'horizon, mais la journée semble ne pas avoir commencé. Je compte dix rares voitures, deux motos et trois hommes masqués, qui évidemment ne sont pas des touristes, mais des travailleurs désarmés, farouches, mélancoliques. Les gens qui réussissent à rester chez eux sont de plus en plus nombreux, et l'évocation de cette foule absente dans un certain sens me tranquillise, n'empêche, je regrette la rue peuplée et bruyante d'il y a quelques semaines.

Soudain, je me rends compte que je suis resté un long moment absorbé et j'éprouve de la culpabilité d'avoir négligé mon fils, et de la joie instantanée de constater qu'il est là, plongé dans son travail, concentré, autonome. Je regarde son beau dessin chaotique. Il y a quelques jours, il a décidé que les crayons étaient des fruits et il a commencé à tracer avec eux de somptueux gribouillages qu'il appelle *licuados*, smoothies. Je m'assois à côté de lui, je l'aide à tenir en l'air son papier.

— C'est un *licuado* ?

— Non, me dit-il, catégorique.

— C'est quoi ?

— C'est toi, papa, tu regardes par la fenêtre.

Du temps des écrans

I

Souvent, au fil de ses deux années de vie, le petit garçon a entendu des rires ou des cris qui provenaient de la chambre contiguë – qui sait comment il réagirait s'il savait ce que ses parents font pendant qu'il dort : ils regardent la télévision.

Il n'a jamais regardé la télévision, et il n'a jamais vu non plus des gens qui regardaient la télévision, aussi le téléviseur de ses parents est-il pour lui vaguement mystérieux : l'écran est une espèce de miroir qui lui renvoie un reflet opaque, sans consistance, et qui ne lui permet même pas de dessiner avec ses doigts dans la buée, mais à l'occasion les particules de poussière servent à des jeux approchants.

De toute façon, le petit garçon ne serait pas surpris de découvrir que cet écran est capable de reproduire des images en mouvement, car plusieurs fois il lui a été permis d'interagir avec des images de personnes, généralement localisées dans son second pays, parce que le petit garçon a deux pays – le pays de sa mère, qui est son pays principal, et celui de son père, qui est son second pays, dans lequel ce père n'habite plus, mais où vivent ses grands-parents paternels, qui sont les êtres humains que le petit garçon voit le plus souvent matérialisés sur l'écran.

Il a vu aussi ses grands-parents en personne, car il est allé deux fois dans son second pays. Il ne se souvient en rien du premier voyage, mais il marchait déjà tout seul la fois suivante et parlait même comme un moulin. Ces semaines furent riches d'expériences nouvelles, cependant l'événement le plus mémorable avait eu lieu au cours du voyage aller, deux heures environ avant d'atterrir dans le second pays, quand un écran qui semblait aussi ou encore plus inutile que celui de la télévision de ses parents s'éclaira et qu'y fit son apparition un amical monstre roux qui parlait de lui-même à la troisième personne. L'amitié entre le petit garçon et le monstre fut immédiate, peut-être en partie parce que le petit garçon, à cette époque, parlait également de lui-même à la troisième personne.

II

À proprement parler, ç'avait été un événement fortuit, les parents du petit garçon s'étant promis de ne pas allumer l'écran pendant le voyage. Le vol avait débuté par une suite de deux siestes, puis ils avaient ouvert la petite valise dans laquelle ils avaient placé sept livres et cinq marionnettes zoomorphes, et la lecture puis l'immédiate relecture de ces livres, nuancées par les performances des marionnettes et les commentaires occasionnels sur la forme des nuages et la médiocre qualité des *snacks*, avaient absorbé une bonne partie de ce long trajet. Tout marchait à merveille jusqu'au moment où le petit garçon réclama un personnage qui – lui expliquèrent-ils – préférait voyager dans la soute à bagages de l'avion, et aussitôt il s'était souvenu de plusieurs autres qui – allez savoir pourquoi – avaient préféré rester dans leur pays principal, et alors pour la première fois au cours des six heures de vol, le petit garçon avait éclaté en sanglots, des pleurs qui durèrent bien quarante secondes, ce qui est assez court en soi, mais parut incroyablement long au monsieur qui voyageait sur le siège de derrière.

— Faites donc taire ce morveux, à la fin ! vociféra-t-il.

La mère du petit garçon se retourna et dévisagea le type d'un œil calme et dédaigneux ; après un silence bien calculé, son regard descendit et alla se concentrer sur la braguette du personnage, et elle lui dit, d'un ton de connaisseuse, sans le moindre soupçon d'agressivité :

— Elle ne doit pas être bien grosse, hein ?

L'homme ne répondit pas, peut-être n'avait-il pas le moyen de se défendre d'une telle accusation. Le petit garçon – qui ne pleurait déjà plus – passa dans les bras de sa mère et ce fut alors le tour du père, lequel s'agenouilla sur son siège pour regarder le susdit monsieur. Il ne l'insulta pas, simplement il lui demanda son nom.

— Enrique Lizalde, répondit le type, avec le peu de dignité qui lui restait.

— Merci.

— Pourquoi vous voulez savoir mon nom ?

— J'ai mes raisons.

— Qui êtes-vous ?

— Je ne te le dirai pas, mais tu auras de mes nouvelles. Tu auras très vite de mes nouvelles. Très vite.

Il resta plusieurs secondes à fixer un Enrique Lizalde à présent contrit, et il avait l'intention de continuer à lui faire sa fête, mais une zone de turbulences le contraignit à rattacher sa ceinture de sécurité.

— *I hope this motherfucker thinks I'm really powerful*, murmura le père en anglais, la langue qu'ils utilisaient, la mère et lui, instinctivement, pour s'insulter ou dire des grossièretés en présence du petit garçon.

— *We should at least name a character after him*, dit la mère.

— *Good idea! I'll name all the bad guys in my books Enrique Lizalde.*

— *Me too! I guess we'll have to start writing books with bad guys*, dit-elle.

C'est alors qu'ils décidèrent d'allumer l'écran qui était en face d'eux et ils se branchèrent sur le programme du joyeux monstre roux plein de poils. Ils regardèrent pendant vingt minutes et, quand ils éteignirent l'écran, le petit garçon protesta, mais ses parents lui expliquèrent qu'on ne pouvait pas faire revenir le monstre, ce n'était pas comme les livres, que l'on peut lire tant qu'on veut.

Pendant les trois semaines qu'ils passèrent dans son second pays, le petit garçon demanda chaque jour des nouvelles du monstre et ses parents lui expliquèrent qu'il habitait seulement dans les avions. Au cours du vol de retour se reproduisit enfin la rencontre, qui ne dura, comme la première fois, que quelque vingt minutes.

Deux mois plus tard, le petit garçon parlait encore du monstre avec une certaine mélancolie et ses parents trouvèrent une réplique en peluche qu'il prit plutôt comme l'original. Depuis, ils sont devenus inséparables, en fait le petit garçon vient de s'endormir en serrant le personnage roux dans ses bras – ses parents sont déjà retirés dans la grande chambre, où, sûrement, ils allumeront bientôt la télévision ; si les choses se produisent de la façon dont elles se sont produites ces derniers temps, il est probable que cette histoire se terminera sur la scène où ils sont tous les deux dans leur lit et regardent la télé.

III

Le père du petit garçon a grandi avec le téléviseur allumé en permanence et peut-être qu'à l'âge actuel de son fils il ignorait que la télévision *pouvait être éteinte.* Contrairement à lui, la mère du petit garçon a été tenue éloignée de la télévision pendant un laps de temps peu commun : dix ans. Selon la version officielle, le signal de la télévision n'arrivait pas dans le quartier de banlieue où elles vivaient, sa mère et elle, de sorte qu'elle voyait dans le téléviseur, comme maintenant son fils, un objet parfaitement inutile. Un après-midi, elle invita à jouer chez elle une camarade de classe qui, sans rien demander à personne, brancha simplement le téléviseur et l'alluma. Il n'y eut ni désillusion ni crise : la petite fille se dit qu'il y avait enfin la télévision dans son quartier et elle courut annoncer la bonne nouvelle à sa mère, laquelle, athée pourtant, s'agenouilla et, levant les bras au ciel, se mit à crier de manière théâtrale et avec conviction :

— Notre-Dame de Guadalupe ! C'est un miracle !

En dépit d'antécédents si dissemblables, la femme qui a grandi avec une télévision éteinte en permanence et l'homme qui a grandi avec la télévision allumée en permanence sont complètement d'accord sur le fait que le mieux est de retarder le plus longtemps possible l'exposition de leur fils à la télé. Ce ne sont pas des fanatiques, de toute façon, ils n'ont rien contre la télévision, loin de là. Plus d'une fois, quand ils s'étaient connus, ils avaient eu recours à une stratégie éprouvée qui consiste à se retrouver pour visionner des films ensemble, prétexte pour s'envoyer en l'air. Plus tard, pendant la période que l'on pouvait considérer comme la préhistoire du petit garçon, ils avaient succombé aux charmes de nombreuses productions de toute sorte. Et ils n'avaient jamais regardé autant la télévision que pendant les mois immédiatement antérieurs à la naissance du petit garçon, dont la vie intra-utérine avait été sonorisée non pas à coups de Mozart ou de berceuses, mais par les génériques de séries sur de sanglantes bagarres de pouvoir situées dans une archaïque époque de zombies et de dragons ou dans le spacieux palais du gouvernement d'un pays qui se baptisait lui-même *the leader of the free world*.

Avec la naissance du petit garçon, l'expérience télévisuelle du couple changea radicalement. En fin de journée, leur épuisement physique et mental ne leur permettait plus que trente ou, au maximum, quarante minutes de concentration décroissante, de sorte que, sans s'en rendre compte, ils abaissèrent notablement leurs standards de qualité et devinrent des spectateurs abonnés aux séries carrément médiocres. Ils avaient toujours la volonté de s'aventurer plus avant sur des terrains insondables et à vivre par procuration des défis et des expériences complexes qui les obligeaient à repenser sérieusement leur place dans le monde, ce à quoi servaient les livres qu'ils lisaient dans la journée ; le soir, ils ne voulaient que des rires faciles, des dialogues fadasses et des scénarios qui leur procuraient la triste satisfaction de tout comprendre sans le moindre effort.

Ils aimeraient, peut-être dans un an ou deux, alléger les après-midi de samedi ou de dimanche en regardant des films avec le petit garçon et même, de temps en temps, ils mettent à jour une liste de films qu'ils souhaitent voir en famille. En attendant, la télévision est reléguée à cette heure tardive de la journée où le petit garçon dort et où ses parents redeviennent, momentanément et simplement, elle et lui.

IV

Elle est dans le lit et regarde son téléphone portable, lui assis par terre, comme s'il se reposait après une série d'abdominaux – soudain il se met debout, s'allonge lui aussi sur le lit et tend le bras pour trouver la télécommande, mais il tombe sur le coupe-ongles et commence à se couper les ongles des mains. Elle pense qu'il n'arrête pas, ces derniers temps, de se couper les ongles des mains.

— On va peut-être avoir droit à des mois d'enfermement. Il va s'ennuyer, dit-elle.

— On a le droit de promener le chien, mais pas de promener son gosse, dit-il avec amertume.

— Je suis sûre que c'est dur pour lui. Ça ne saute pas aux yeux, il a l'air heureux, mais, pour lui, ça doit être horrible. Qu'est-ce qu'il peut comprendre ?

— La même chose que nous.

— Et nous, qu'est-ce qu'on comprend ?

On dirait une étudiante qui révise son cours avant un partiel.

— Qu'on ne peut pas sortir, parce qu'il y a un virus à la con. C'est tout.

— Que ce qui était permis avant est maintenant interdit. Et que ce qui était interdit avant est toujours interdit.

— Le parc, la librairie, les musées lui manquent. Comme à nous.

— Le zoo, dit-elle. Il regrette, surtout, les zèbres, les girafes et ce *teporingo*, le lapin des volcans, qu'il aime tellement. Il ne le dit pas, mais il se rebiffe davantage, il se met davantage en colère. Il ne se met pas beaucoup en colère, mais plus qu'avant.

— Mais il ne regrette pas l'école, vraiment pas, dit-il.

— J'espère que ce n'est que pour deux ou trois mois. Mais tu imagines, si c'est plus ? Toute une année ?

— Je ne crois pas, dit-il, mais il souhaiterait être plus convaincant.

— Et si ça continue comme ça dans le monde à partir de maintenant ? Et si ce virus est suivi d'un autre virus, et puis d'un autre ? lui demande-t-elle, sauf qu'il aurait pu tout aussi bien poser la même question, dans les mêmes termes et avec la même intonation inquiète.

Pendant la journée, ils se relaient, l'un des deux s'occupe du petit garçon pendant que l'autre s'enferme pour travailler, parce qu'ils ont pris du retard sur tout, et même si tout le monde a pris du retard sur tout, ils pensent qu'ils ont pris un peu plus de retard que les autres. Pourtant tous les deux sont volontaires pour s'occuper du petit garçon à temps plein, car cette demi-journée avec lui est un temps de vrai bonheur, de rires véritables, d'évasion purificatrice – ils préféreraient passer la journée entière à jouer au ballon dans le couloir, ou à griffonner des créatures involontairement monstrueuses sur le morceau de mur qui leur sert de tableau, ou à jouer de la guitare pendant que le petit garçon tourne les clefs pour la désaccorder, ou à lire des histoires pour les enfants qu'ils trouvent maintenant parfaites, bien meilleures que les livres irrémédiablement adultes qu'ils écrivent ou essaient d'écrire. Et même s'ils n'avaient qu'une seule de ces histoires pour enfants, ils préféreraient la lire et la relire sans arrêt, plutôt que de s'asseoir devant leur ordinateur, avec les nouvelles horribles de la radio comme bruit de fond, pour faire tardivement des réponses remplies d'excuses aux courriels reçus et regarder du coin de l'œil cette conne de carte qui enregistre en temps réel la prolifération des contaminations et des morts – lui regarde, surtout, celle du second pays de son fils, qui est resté, évidemment, son propre pays principal, et il pense à ses parents et imagine qu'au cours des heures ou des jours passés depuis la dernière fois qu'il a parlé avec eux ils ont été contaminés et qu'il ne les reverra plus, et alors il les appelle, et ces appels le démolissent à chaque fois, mais il ne dit rien ou, du moins, il ne lui dit rien, à elle, plongée depuis des semaines dans une angoisse lente et imparfaite qui lui fait penser qu'elle devrait apprendre à broder ou qu'elle devrait arrêter de lire les romans beaux et désespérants qu'elle lit, et aussi elle pense que peut-être, au lieu d'écrire, elle aurait mieux fait de se consacrer à autre chose – ils sont d'accord là-dessus, ils pensent ça tous les deux, ils en ont discuté déjà trop de fois, parce qu'ils ont déjà senti trop de fois l'incontestable futilité de chaque phrase, de chaque mot écrits.

— Laissons-le regarder des films, dit-elle. Pas grave. Juste le dimanche.

— Comme ça, on saurait au moins si c'est lundi, jeudi ou dimanche, dit-il.

— C'est quoi, aujourd'hui ?

— Mardi. Non, mercredi.

— On décidera demain, dit-elle.

Il finit de se couper les ongles et regarde ses mains avec une satisfaction incertaine, plutôt comme s'il venait de couper les ongles de quelqu'un d'autre, ou comme s'il regardait les ongles de quelqu'un d'autre, d'une personne qui vient de couper ses propres ongles et lui demande, à lui, pour une raison quelconque – peut-être est-il devenu un expert, une autorité en la matière –, son approbation ou son avis.

— Ils se sont mis à pousser plus vite, dit-il.

— Tu ne te les étais pas déjà coupés hier soir ?

— C'est pour ça que je te dis qu'ils se sont mis à pousser plus vite. – Il parle sérieusement, d'un ton grave et scientifique à la fois. – Je les regarde tous les soirs et le fait est qu'ils ont poussé dans la journée. À une vitesse anormale.

— Il paraît que c'est bon signe quand les ongles poussent vite. Il paraît qu'ils poussent plus vite au bord de la mer, dit-elle sur le ton de quelqu'un qui essaie de se souvenir de quelque chose, peut-être de la sensation de s'éveiller sur une plage avec le soleil dans la figure.

— Mais chez moi, c'est un record.

— Chez moi aussi, ils poussent plus vite, dit-elle en souriant. Ils poussent même plus vite que chez toi. À midi, c'est presque des griffes. Et je me les coupe et ils repoussent.

— Je pense qu'ils poussent plus vite chez moi que chez toi.

— Je voudrais voir ça.

Alors ils lèvent les mains et les rapprochent, comme s'ils pouvaient réellement observer la croissance de leurs ongles, comme s'ils pouvaient en comparer les vitesses, et ce qui aurait dû être une scène rapide se prolonge, parce qu'ils se laissent distraire par l'absurde illusion de cette compétition silencieuse, et inutile, qui dure tellement que même le téléspectateur le plus patient éteindrait sa télé, indigné. Mais personne ne les voit, bien que l'écran du téléviseur semble être devenu soudain une caméra qui enregistre leurs corps suspendus dans ce geste étrange et absurde. Un moniteur amplifie la respiration du petit garçon, seul bruit qui accompagne la compétition de leurs mains, de leurs ongles, compétition qui dure plusieurs minutes, mais, évidemment, pas assez longtemps pour qu'il y en ait un des deux qui gagne, et qui s'achève, enfin, sur l'explosion d'éclats de rire chaleureux et francs dont ils avaient un très grand besoin.

L'enfance de l'enfance

« Jouons à cache-cache virus, papa », me dit mon fils, et je fus surpris et attristé qu'il parle du virus avec une telle familiarité, ce qui ne manquait pas de sens pourtant : la pandémie avait déjà commencé à transformer sa vie – pour le meilleur et pour le pire, il regrettait les promenades dans le bois de Chapultepec aussi intensément qu'il applaudissait les suspensions de classe (sa vie scolaire commençante ne lui plaisait pas du tout).

Nous cacher du virus, en tout cas, était plus sensé que nous cacher du plafond ou du réfrigérateur, comme il me le proposait régulièrement pendant ces journées, ou de la Bible, ou des *Œuvres complètes* de Shakespeare, comme je le proposais moi-même, nous nous cachâmes donc sous la table en poussant quelques faux cris de peur, et la peur aussi était, en théorie, fausse, même si à ce moment-là j'ai vraiment éprouvé de la peur, ou peut-être était-ce du fatalisme, un fatalisme qui, cependant, maintenant, à la lumière des faits, me semble une version à peine diminuée de l'optimisme.

*

Quels souvenirs gardera mon fils de cette année horrible ? Je me le demande tous les jours et, bien que parfois je me réponde à moi-même tranquillement, presque avec joie, qu'il ne se souviendra de rien, je reste le plus souvent déconcerté et perplexe, parce qu'il est bizarre et assez triste d'imaginer ou, d'une certaine façon, de *savoir* que ce même être humain de trois ans – treize kilos et cent deux centimètres – que nous avons vu grandir, et dont la vie nous apparaît souvent plus réelle et toujours plus précieuse que notre propre vie, oubliera dans un avenir pas très éloigné tout ou presque tout de ce qu'il aura vécu dans ce passé que nous appelons avec une insistance têtue *présent.*

À hauteur d'adulte, peut-être trop adulte, nous supposons vite que la mémoire épisodique commence vers les trois ou quatre ans, c'est-à-dire qu'avant cet âge nous n'étions simplement pas capables de nous souvenir, mais qui a élevé des enfants sait qu'à trois et même à deux ans les petits se souviennent très bien de ce qu'ils ont fait la semaine dernière ou l'été d'avant, et que leurs souvenirs sont purs, non implantés, parfois étonnamment précis, et d'autres fois aussi vagues et capricieux que le sont la plupart du temps les nôtres.

Les immenses questions sur le fonctionnement de la mémoire humaine ont leur humble corrélat dans l'émotion ou l'inquiétude que nous ressentons tous en pensant à ces années effacées, omises, perdues. Comment était, réellement, une journée entière, à dix mois, à deux ans ? Peut-être ensuite, dans notre adolescence, quelques phrases autoritaires (*Je t'ai tout appris*, *Je t'ai nourri*, *Tu as tout ce que tu as grâce à moi*) nous ont-elles permis de pressentir ou d'imaginer ces années d'accablante dépendance, mais à peine devenus parents, ou parents remplaçants, quand nous avons mal au dos et que nous n'avons pas bien dormi pendant des semaines ou des mois, nous parvenons à entrevoir ces soins pour lesquels nous n'avons jamais été reconnaissants, car, simplement, nous ne nous en souvenons plus.

Si nous étions comme Funes, le célèbre personnage de Borges incapable d'oublier, nous vivrions paralysés par des rancœurs permanentes ou des gratitudes automatiques, obligatoires. La mystérieuse amnésie de l'enfance nous permet d'oublier sur-le-champ tous les faits qui pourraient neutraliser la sévérité avec laquelle nous jugeons nos parents. Et ce serait bien pire, évidemment, de voir resurgir des inattentions et des négligences oubliées. La mémoire se détruit ou se purifie pour que nous puissions nous réinventer, recommencer, revendiquer, pardonner, grandir.

Comme des spectateurs qui ont raté les premières minutes du film mais restent à la séance suivante pour comprendre l'histoire, nous oublions justement la partie de l'enfance qu'ensuite nous observons chez nos enfants ; ce sont eux qui nous rappellent ce que nous avons oublié, et alors surgit une nouvelle forme d'incertitude qui peut se révéler sombre et vertigineuse, mais aussi stimulante et féconde. Je pense à cette phrase de Paul Valéry : « Les lacunes sont ma base de départ. »

*

« Pendant longtemps, j'ai prétendu avoir assisté à la scène de ma naissance », lisons-nous au début des *Confessions d'un masque*, de Yukio Mishima, et le roman entier provient, d'une certaine façon, de cette phrase magnifique. Le personnage choisit de croire ou d'inventer une autonomie originelle et absolue, qui exagère de belle manière l'idée, si chère au psychanalyste, que nous inventons nos souvenirs.

À partir de cette phrase, j'ai eu l'idée du Projet Naissance, qui, en un premier temps, consistait à rien de moins qu'à demander à mes étudiants d'écrire sur le jour de leur naissance, et qui dériva ensuite vers une tâche pas du tout originale, mais pas si commune non plus : chaque participant devait se rendre à la bibliothèque pour lire de la première à la dernière page les périodiques du jour où il était né, y compris les horoscopes, les programmes de cinéma et de théâtre, les nécrologies, les résultats des courses hippiques et les publicités (il y avait toujours un étudiant pour avoir envie de se marrer devant la vitesse maximale les ordinateurs en, par exemple, 1996).

L'idée du Projet Naissance est que chacun imagine sa mère feuilletant ce même journal le matin où elle a perdu les eaux et se voit obligée de partir à l'hôpital. En réalité, l'important n'est pas vraiment ce qu'ils vont écrire, l'exercice a plutôt pour fonction de déclencher des processus d'écriture, ce qui permet que le professeur ne soit plus le dictateur imposant sa méthode ou l'autorité incontestable, mais quelque chose comme un collègue plus âgé qui connaît l'origine du texte et peut accompagner le processus.

Imaginer sa propre naissance revient à mettre en scène avec une simplicité trompeuse la frontière entre le privé et le public. C'est pourquoi je crois cet exercice parfait pour capter, au passage, l'énigme ou le jeu qui pose ou permet le mot *fiction*, si souvent mal compris, comme un synonyme assez académique du mot *mensonge*. « Je suis né un jour / où Dieu était / malade, gravement », dit César Vallejo dans un poème qu'il serait absurde de soumettre à un détecteur de mensonge.

Je n'ai jamais voulu m'appliquer à moi-même le Projet Naissance ; jamais je n'ai voulu matérialiser ou peut-être vérifier mes conjectures sur ce jour de 1975 que j'imagine toujours en noir et blanc, alors que la première photo qui a été faite de moi à deux semaines était en couleurs. Je ne suis présent que sur peu de photos, peut-être sur une vingtaine de la cinquantaine ou soixantaine que contiennent les deux albums familiaux. Dans le premier album – une mer calme, presque inoffensive, sur la couverture –, qui commence en 1972 avec la naissance de ma sœur, il n'y a que des photos en noir et blanc, tandis que dans le second – sur la couverture, un couple blond d'amoureux contemplant le crépuscule – prédominent les toutes nouvelles, à l'époque, photos en couleurs.

*

Grâce à ses conversations avec sa mère et à la lecture des cahiers qu'elle écrivait, le poète Robert Lowell, né en 1917, est parvenu à imaginer avec précision le temps pendant lequel, comme il le dit, « les États-Unis entrèrent en guerre et ma mère entra dans la vie matrimoniale ». Aussitôt il ajoute ce trait d'ironie tendre et précis : « Je me montrais le plus souvent fier de ce qu'on ne pouvait me tenir responsable de rien de ce qui s'était passé pendant les mois où je commençais à vivre. » Dans mon cas, à vingt ans, au contraire, quand j'ouvrais les albums de photos, je n'éprouvais aucune fierté, bien plutôt une espèce de honte, parfois de moi, d'autres fois des autres, mais toujours, surtout, criante – pas tellement à cause de ce que les photos révélaient, mais à cause de ce que je supposais qu'on se refusait à montrer.

Je ne me rappelle pas m'être dit alors que l'inventaire était maigre, je crois même qu'il était abondant, au bout du compte. J'imaginais mes parents en train de classer ces photos dans les pages adhésives de ces albums pendant les années les plus féroces de la dictature. Je sentais que tout était trop fragile et que, moi, j'étais trop bête. Je trouvais horrible de ne me souvenir de rien ou de reconnaître des scènes implantées en moi par les récits familiaux qui restaient pour moi, de toute façon, toujours vagues, toujours trop particuliers. Je demande à mon fils :

— Tu te souviens de ta naissance ?

— Oui. Tu m'as pris dans tes bras et tu pleurais, mais d'émotion.

Il sait qu'il ne s'en souvient pas, et il sait aussi que je sais qu'il ne s'en souvient pas, mais de temps en temps nous jouons à répéter la conversation que nous avions eue pour la première fois quand il avait environ un an et demi, à propos de ces larmes versées à sa naissance – j'essayais de lui expliquer que les pleurs ne sont pas que de la tristesse, parce que parfois nous pleurons d'émotion, et j'avais eu l'idée de lui parler du jour de sa naissance, quand je l'avais vu pour la première fois, tout juste sorti du ventre de sa mère ; je lui expliquais qu'en le voyant pour la première fois je m'étais mis à pleurer, mais d'émotion.

*

J'ai mille quatre cent deux photos dans mon téléphone et sur presque toutes on voit mon fils, qui est né il y a mille deux cent soixante-six jours, de sorte que j'ai pris, disons, une photo de lui chaque jour de sa vie – et à cette collection démesurée je pourrais ajouter les photos qu'ont faites sa mère, sa grand-mère maternelle et son oncle photographe… Tout à coup, la possibilité qu'un jour il ait accès à ces photos et aux livres que sa mère écrit et à ceux que j'écris moi-même – livres où il est de plus en plus fréquent qu'il apparaisse et où, s'il n'apparaît pas, il est là tout pareil, tapi quelque part – semble injuste et parfois je pense qu'il faudrait détruire ces archives pour faire de la place au bel oubli. Et pourtant une autre idée vient s'imposer, contradictoire celle-là, car dernièrement je sens que j'écris pour lui, que je suis le correspondant de mon fils, que j'écris des communiqués pour mon fils, en temps réel et en direct depuis le temps de l'oubli, depuis les années gommées. Peut-être mon écriture n'a-t-elle jamais été plus justifiée, parce que, dans une certaine mesure, j'écris les souvenirs que mon fils va perdre, comme si j'étais le secrétaire ou même l'école paternelle de petits enfants nommés Joe

Brainard, Georges Perec et Margo Glantz, et que j'avais décidé de leur faciliter la rédaction future de leurs *je me souviens*.

*

On est en 1978 ou 1979, j'ai trois ou quatre ans et je suis assis sur le canapé, à côté de mon père, regardant un match de foot à la télé, et ma mère entre pour remplir nos verres de Coca-Cola. Pendant des dizaines d'années, j'ai considéré que c'était mon premier souvenir, ce qui ne semble pas, en principe, discutable : j'ai grandi dans une famille où non seulement ma mère, mais encore toutes les autres femmes *servaient* les hommes, un monde où le téléviseur était installé dans le salon, allumé en permanence et presque toujours autorisé aux enfants, de même que le Coca-Cola. Mon souvenir n'est lié à aucune photographie ni à aucun récit familial et c'est peut-être pour cette raison que je le considérais comme un souvenir pur, non implanté, incontestable. Il n'est pas difficile, cependant, de détricoter la certitude : pendant les vingt ans que j'ai vécus avec mon père, nous avons vu cent, ou cinq cents, ou mille matchs de football ensemble, mais je me souviens de cette scène comme si elle n'avait eu lieu qu'une seule fois. J'ai l'impression, et mon père la certitude – il vient de me le confirmer au téléphone –, que ma passion pour le foot n'a pas été si précoce ; ce fut plus tard, quand j'avais six ou sept ans et que nous vivions déjà dans une autre maison et dans une autre ville.

Mon souvenir ne prétend pas, quoi qu'il en soit, que nous regardions un match complet, ni que je m'intéressais au football. En fait, c'est un flash qui dure deux ou trois secondes de silence complet. Ce silence est peut-être ce qu'il y a de plus suspect dans le souvenir, en particulier par rapport à mon père, qui regardait les informations sans moufter, mais était incapable de se taire quand il regardait un match de foot. Aujourd'hui encore, c'est une différence entre nous deux : je regarde les matchs dans un état de tension absolue et c'est à peine si je lâche quelque commentaire, tandis que mon père vocifère des ordres et insulte l'arbitre comme s'il pouvait avoir une influence sur le jeu.

*

Je pense à l'extraordinaire début d'*Autres rivages* de Nabokov : l'enfant « chronophobe » qui regarde un film antérieur à sa naissance et voit sa mère enceinte, et le berceau que l'on prépare à son intention lui semble une tombe. Je pense au dévastateur *primal scream* de Delmore Schwartz, « C'est dans les rêves que les responsabilités commencent », un des plus beaux récits que j'aie jamais lus, ou aux délires géniaux de Vicente Huidobro dans *Mon Cid Campeador*, ou de Laurence Sterne dans *Tristram Shandy*. Je pense au bouleversant « souvenir inventé » qui donne forme à *La Langue sauvée* d'Elias Canetti, et à des fragments de Virginia Woolf, de Rodrigo Fresán et d'Elena Garro. La liste commence à devenir interminable, je cherche et cherche encore sur les étagères les livres que je veux relire, mais soudain j'observe que mon fils est resté silencieux depuis trop longtemps. Je vois qu'il est par terre, avec ses crayons de cire. Après plusieurs mois consacrés à dessiner des *licuados*, maintenant il se spécialise en pizzas, en planètes et en pizzas-planètes.

Mon premier souvenir n'est pas, en apparence, traumatique, mais il suffit d'une analyse sommaire pour découvrir que, dans ce film, je suis *exposé* à la télévision et au football et au machisme et au sucre et à l'acide phosphorique, de sorte que le souvenir agit comme fondement et même, éventuellement, comme justification et alibi. Une lecture plus collective me conduit à confronter ce souvenir avec les images d'époque : rues dévastées par la violence militaire où quelques hommes et femmes résistent avec un courage suicidaire, idéaliste – mais pas mon père, qui est avec moi et regarde un match de foot, ni ma mère, qui nous sert du Coca-Cola.

Dans la vie de mon fils, un « premier souvenir » semblable au mien serait impossible, parce qu'il a grandi dans un monde, ou du moins dans un *intérieur* où aucune femme n'est au service d'aucun homme, un monde où c'est son père qui, tous les matins, lui prépare son petit déjeuner dans une cuisine dont le réfrigérateur ne contient aucun Coca-Cola (ni normal, ni light, ni zero). Et jamais il n'a vu de match de foot, parce qu'il n'a jamais regardé la télévision et parce que, pour l'heure, le football se joue dans des stades vides.

J'ai cessé de fumer et je ne bois de l'alcool que très occasionnellement – bien que je maintienne un petit bar avec du vin, des piscos et des mezcals dans des bouteilles bonsaï – et je peux passer de longues périodes sans manger de viande rouge ni de poulet aux hormones, mais je n'ai pas réussi à me débarrasser tout à fait de mon addiction au Coca-Cola ; je m'en achète un de temps en temps et mon fils me regarde boire avec curiosité, vu qu'il a la certitude, je le lui explique à chaque fois – avec une insistance qui va bientôt lui paraître suspecte –, qu'il s'agit d'un médicament qui a un goût horrible, à tel point qu'après avoir bu j'improvise quelques haut-le-cœur convaincants.

*

Sur une petite table basse à côté du bureau, nous empilons les brouillons des poèmes, romans ou essais que nous écrivons, mon épouse et moi. Ce sont ces feuilles que mon fils recycle pour ses pizzas et ses planètes. Ce matin, il m'a offert une planète verte et rose, découpée avec une inégale adresse, et j'ai la surprise de voir au verso ces mots : *J'ai cessé de fumer et je bois de l'alcool très occasionnellement...*

La personne qui a écrit ce paragraphe n'a rien pour me plaire. Mais cette personne, c'est moi. Et je continue à être moi. Je me méfie profondément de la satisfaction que j'ai à penser que mon épouse et moi, *nous faisons bien*. Je suis sûr que mes parents pensaient aussi qu'ils faisaient bien, et moi-même je pense que des amis dont l'adorable fille regarde la télévision et mange des frites tous les jours font plutôt bien, peut-être mieux que nous. En matière d'éducation, en tout cas, la panique de faire mal est beaucoup plus lourde à porter que le désir de faire bien. Je découvre, dans la même veine, comme il arrive à tant d'autres pères débutants, spécialement aux pères tardifs, que ce que je veux vraiment, ce n'est pas *vivre mieux*, mais *vivre plus*. Ne pas mourir si vite, pardi.

*

— Papa, quand j'étais bébé, la télé marchait ? me demande brusquement mon petit garçon.

— Je ne me rappelle pas. Je crois que oui.

Jusqu'ici il a cru que la télé de notre chambre est en panne. Ce qui ne nous empêche pas de lui montrer, sur nos portables, des vidéos (*Yellow Submarine*, par exemple, responsable, je l'espère, de son incurable beatlemania) et quelques dizaines de photos, en particulier de ses premiers mois ; d'où son idée d'*avoir été bébé*, qui a consolidé dans sa tête la différence entre un temps lointain et nébuleux, et un passé dont il se souvient bien. Chaque fois qu'il se trouve en présence d'un nouveau-né, il me demande de lui montrer ces photos pour lui tellement anciennes qui racontent l'enfance de son enfance. Absorbé dans ce jeu qu'est la reconnaissance de lui-même, il les observe avec sérieux, en silence. Je relève son silence, parce qu'il n'est pas un petit garçon silencieux, pas du tout, c'est un causeur, un affabulateur, un baratineur.

Quant à ses rapports avec le football, il fut un temps où il semblait ne pas s'y intéresser du tout, il considérait sa balle de chiffon comme une peluche parmi d'autres. La première fois qu'il me vit shooter dedans, il me jeta un regard étonné, mais deux secondes plus tard il attrapait un pauvre zèbre de feutre et shootait dedans, il était devenu sur-le-champ un expert dans l'art de shooter dans les peluches partout dans la maison. Pendant quelques mois, il persista à n'attribuer à la balle que la condition de jouet statique, et même si, occasionnellement, comme pour me faire plaisir, il shootait dedans, il discutait plus souvent avec elle et me demandait de lui prêter une voix.

Maintenant, nous jouons tous les jours, dans la petite cour ou, témérairement, dans le salon. Il aime beaucoup ça. Comme tous les pères, je fais de mon mieux pour perdre, pour me faire canarder. Être père consiste à se laisser perdre jusqu'au jour où la déroute est véritable. De plus, quand mon fils marque un but que je n'ai pas pu arrêter, ma satisfaction est double et indéniable. Et si c'est moi qui, par erreur de calcul, marque un but involontaire, aussitôt il change les règles et annule le résultat. Parfois, il s'ennuie, non pas de jouer, mais de jouer à un jeu qui est exactement tel qu'il est, et il lui incorpore des secousses qui m'évoquent des danses folkloriques de pays inconnus.

*

Il fut un temps où l'acte de vandalisme le plus habituel de mon fils consistait à s'emparer du papier hygiénique pour développer une longue série de jeux insondables, très abstraits. Il paraît qu'une bonne partie des enfants du monde partagent ce goût. S'ils publiaient leur propre magazine fait de lapidaires articles sur les couches inconfortables et de diatribes féroces contre le sevrage, sûrement consacreraient-ils plusieurs pages aux jeux avec papier hygiénique, qui deviendraient par la suite une sorte de section des sports.

— Ce n'est pas du papier toilette, papa, me dit-il un matin, en devançant ma réaction, c'est du confort.

Peu de temps avant, je m'étais demandé pourquoi nous autres Chiliens, nous appelons *confort* le papier toilette, et mon ardeur pour lui parler toujours avec la plus grande quantité possible de mots (c'est presque le seul aspect de l'éducation pour lequel j'ai été vraiment ferme) m'avait conduit à une très longue digression sur les marques devenues génériques – j'essayais d'utiliser des exemples familiers comme *kleenex* ou *crayola* – et sur la curieuse phrase *Il n'y a pas de confort !* qui résonne en soi comme une revendication sociale ou philosophique, mais qui, prononcée par un Chilien, a une signification nettement plus précise et urgente. Je ne sais pas ce que le petit garçon aura compris de mon explication, probablement très peu, mais de ce dialogue surgit la blague quotidienne de nous interpeller à tout bout de champ au moyen de la phrase *Il n'y a pas de confort !* et aussitôt de la nuancer, en expliquant : *Il n'y a pas de confort Confort !*

Mon fils a continué à appeler *papier toilette* le papier hygiénique, parce qu'il parle mexicain – très mexicain en réalité –, mais il me semble que ce matin-là il préféra utiliser le mot chilien (sa *langue paternelle*), peut-être dans l'intention stratégique de me captiver ou de me déconcerter.

— Je sais ce que je vais demander au Viejito Pascuero, me dit-il aussitôt, de nouveau en utilisant une référence chilienne.

— Quoi donc ?

— Un confort, me répondit-il.

— Chilien ?

— Chilien ou mexicain, c'est pareil. Mais pour moi tout seul.

On était en août ou en septembre, la Noël était loin, mais, au fil des jours, j'ai remarqué que ce n'était pas une blague, c'était sa demande officielle, mise en œuvre par différents canaux ; c'était la seule chose qu'il voulait, un rouleau de papier toilette pour que nous le laissions jouer tranquille, en parfaite et autonome solitude. Vers la fin de décembre, cependant, quand il ouvrit ses cadeaux, sa passion pour le papier toilette appartenait déjà au passé.

*

« Les enfants servent à empêcher leurs parents de s'ennuyer », dit un personnage d'Ivan Tourgueniev, et si la plaisanterie fonctionne, c'est que la vie avec des enfants nous apparaît, au contraire, comme un incessant sacrifice quotidien. Très souvent, cependant, j'ai apporté une solution momentanée à mon angoisse, à ma colère ou à ma mélancolie en jouant avec mon fils, comme si son existence me faisait l'effet non seulement d'un passe-temps, mais encore d'un antidépresseur ou d'un anxiolytique.

La semaine dernière, un ami cher m'a appelé pour me parler de son retour à l'alcoolisme et de ses incontrôlables marathons sur Netflix (son interaction la plus fréquente avec le monde consistait à répondre à la question *Are you still watching?*) et des continuels accès de tristesse qui avaient précipité une calvitie inattendue chez lui.

— Je ne sais pas comment vous faites, me dit-il tout à coup en changeant de ton et de rythme.

— Faire quoi ?

— Avec un enfant.

« Comment tu fais, toi, *sans* enfant », étais-je sur le point de lui répondre, mais je n'ai pas voulu décevoir son attente : je me réjouissais de savoir que, malgré tout, mon ami sentait ou subodorait qu'il était mieux que nous. Il y a quelque chose de si définitif dans la paternité qu'il ne m'était pas venu à l'idée jusqu'à ce jour de me demander comment auraient été ces derniers mois si je les avais vécus dans la solitude. Je me suis vu soudain dans un monde parallèle où j'étais, comme mon ami, un personnage aigri et déplumé, et j'eus beaucoup de mal à imaginer d'où je pourrais tirer, bon sang, l'énergie pour atteindre à grands coups de rame, entre les draps, la télécommande lointaine (j'allais écrire « pour continuer à vivre », mais j'ai trouvé ce bout de phrase trop dramatique, même si, sûrement, dans cet atroce monde parallèle, au grand jamais la phrase susdite ne m'aurait semblé dramatique).

*

« L'onomatopée construit le monde, le son donne de la couleur à l'idée », écrit David Wagner dans *Spricht das Kind* (Dit l'enfant), livre génial que j'aimerais citer en entier. Je me souviens avec une certaine nostalgie prématurée du temps où mon fils et moi passions des heures à imiter des sons d'animaux – quand nous avions épuisé notre répertoire, nous inventions aussi le rire des chiens, ou les sanglots des chevaux, le jeu continuant nous finissions par nous perdre avec délectation dans le non-sens : les pies qui bâillent, les crocodiles qui bégaient, les opossums de Virginie qui éternuent.

De toutes les spécialités des soins paternels – moniteur d'ascension et de descente d'escalier, préposé de vestiaire, secouriste de chaussettes, ramasseur de jouets éparpillés par terre, *cheerleader* de déjeuners, sauveteur en piscine individuelle, etc., celle que j'ai assurée avec la plus grande joie et, je crois, la plus grande habileté, a été la tâche d'inventeur et interprète de voix de toutes sortes d'objets, certains assez typiques – une ravissante girafe « transactionnelle » ou des marionnettes à doigt qui parlent l'espagnol avec divers accents – et d'autres beaucoup plus difficiles à humaniser comme la cafetière, les fenêtres, l'étui de la guitare, l'omniprésent thermomètre et même quelques artefacts que je considère, d'entrée, antipathiques, comme la balance ou – je le hais – l'autocuiseur.

La paternité justifie à nouveau des jeux que nous avons abandonnés lorsque le sens du ridicule est parvenu à nous gouverner de A à Z, y compris, tristement, notre intimité. Je pense à l'animisme, système de croyances auquel je n'ai jamais tourné le dos tout à fait, mais qui maintenant, en compagnie de mon fils, est à nouveau devenu pour moi non seulement amusant, mais encore nécessaire. J'aime beaucoup la scène de *Chungking Express*, le film de Wong Kar-wai, dans laquelle un personnage parle avec un énorme Garfield en peluche :

elle me plaît parce qu'elle est comique et sérieuse à la fois ; parce qu'elle est kitsch, comme la vie, et parce qu'elle est tragique, comme la vie.

*

— Comment ça va, l'école ? demandions-nous à notre fils avec une coupable anxiété après seulement quelques jours d'école, alors que la pandémie n'éclaterait que dans plusieurs mois.

— La maîtresse Mónica est morte, nous répondit-il.

— Et la maîtresse Patricia ?

— Elle est morte aussi.

— Et les enfants ?

— Les enfants sont finis.

Le ton de sa voix se voulait objectif ou vraiment informatif, mais il fut involontairement doux.

Son idée de la mort, dont l'acquisition était récente, avait pour origine l'expérience, dans la cour, de la vision d'une fleur fanée. Je me demande de quelle manière a changé, au fil de ces mois, son idée de la mort ; je me demande sans cesse, incapable de ne pas être grave, ce que mon fils retiendra de tout ça dans sa mémoire. Je l'imagine, dans quinze ou trente ans, se plongeant dans un disque dur de je ne sais combien de téraoctets pour trouver les photos qui documentent le temps de l'amnésie. Et peut-être que je préfère imaginer qu'il ne verra jamais ces photos, qu'il ne lira jamais nos livres, qu'il ne lira jamais cet essai. J'imagine qu'il est libre de nous juger avec sévérité, que dans sa tête nous sommes des sauvages qui se sont farci la planète, peut-être des trouillards de la pire espèce, c'est-à-dire ceux qui se croient courageux. Peut-être que je préfère imaginer que cet adulte du futur nous aimera comme moi j'aime mes parents : d'un amour inconditionnel, avec le désir fervent et probablement foiré de ne pas être comme eux.

*

« Le souvenir s'organise non pas à partir du passé, non plus du présent, mais à partir de l'avenir », suppose le psychanalyste Néstor Braunstein dans *Les Présages ou le Souvenir d'enfance retrouvé*, son formidable essai sur les premiers souvenirs dans la littérature, et aussitôt, il ajoute : « Ce que chacun devient est non pas le résultat, mais, au contraire, la cause du souvenir. »

Un court pont de bois que j'ai traversé mille et une fois ; une tomate mûre à point que ma mère a cueillie joyeusement sur la plante, avec des gestes de petite fille espiègle, et qu'à peine essuyée sur son chemisier elle mord ; un piano droit qui appartenait aux propriétaires d'une maison en location que nous habitions, et qui, pour cette raison, restait fermé, ce qui ne m'empêchait pas d'y glisser la main et de parvenir enfin à faire sonner les touches ; un matin où je sautais avec une apparente indolence sur le matelas mouillé de pisse (la mienne) ; un tricycle sur lequel nous manœuvrions, ma sœur et moi, et l'amusement absurde et insolent d'écraser les raisins tombés par terre, sous la treille ; les drôles de conversations à travers la grille, avec quelqu'un d'un peu plus grand que moi qui s'appelait Danilo et qui se définissait lui-même comme « un garçon de la rue ». Toutes ces scènes sont liées à la maison de Villa Alemana où nous habitions en 1978 et 1979 et qui fonctionneraient parfaitement comme premiers souvenirs. En réalité, je n'ai pas maintenant et je ne crois pas avoir jamais eu des outils pour ordonner ces faits sur une ligne de temps.

*

Tous les jours je sens que mon fils change et que ses va-et-vient et accélérations ont construit la musique qui nous a permis d'endurer ces mois dans la joie. Depuis quelques semaines, il va dans un jardin d'enfants avec cinq autres enfants et une professeure patiente, et tous les matins il annonce qu'il ne veut pas y aller, mais il y va et il s'éclate ; il a besoin de ces enfants qui ne jouent ni ne dansent à sa façon, mais qui lui apprennent des trucs. Ils s'aident entre eux, ils s'éloignent de leurs parents, joyeusement, à pas de tortue.

Je crois que Tourgueniev avait raison, il n'y a là aucune contradiction : les parents existent pour divertir leurs enfants et les enfants sont là pour empêcher leurs parents de s'ennuyer (et de s'angoisser). Ce sont des idées complémentaires qui pourraient peut-être nous servir à trouver de nouvelles définitions du bonheur, de l'amour ou de la fatigue physique, ou de tout ça ensemble et en même temps. Maintenant, pendant que j'écoute à la radio les nouvelles matinales, qui sont douloureuses, mon fils me manque, sa compagnie – d'habitude il se lève à six heures et même avant, mais il est presque sept heures, il est toujours dans son lit et j'ai envie de le réveiller, parce que je m'ennuie, parce que je suis angoissé.

II

Gros mots

I

« Cher petit con trou du cul de mes deux », écrit Darío dans son cahier, « ça fait des jours que je sais pas ce que tu fous, connard de merde, sûr que t'as reçu sur toi un sac de caca et de vomi dans la rue, et que tu pues, ça reste sur toi, l'odeur de crottin de cheval et de boules puantes, et en plus de ça que t'arrêtes pas de lâcher des pets qui puent la biroute, chien galeux. »

La lettre est plus longue ; une page entière des deux côtés. Darío la lit à haute voix, satisfait du résultat : lui ne parle pas comme ça, pas du tout, et même qu'à l'école il y en a qui racontent, pour se moquer de lui, qu'il parle *trop bien*, comme s'ils l'accusaient de quelque chose, comme si un enfant de onze ans était obligé de ne parler qu'avec des gros mots. Et pourtant il a réussi à écrire une lettre indécente – c'est une victoire absolue.

Il ferme l'enveloppe avec une abondante salive, court anxieusement jusqu'à la maison de Sebastián et jette la lettre sur les dalles de l'entrée, rivalisant avec la technique des facteurs. Il retourne chez lui content, tout en se disant que tout à l'heure il pleuvra peut-être et que sa lettre, qui lui a coûté tant de travail, se désintégrera sur le sol. Mais rien n'annonce la pluie, rien du tout, il est plutôt inquiet et il regrette un peu – c'est seulement maintenant, alors que la lettre a déjà été remise, qu'il entrevoit la possibilité catastrophique que Sebastián ne comprenne pas le jeu et que la lettre lui paraisse offensante ou incompréhensible.

Son amitié avec Sebastián est un heureux effet collatéral de sa peur des chiens – de tous les chiens, en général, mais en particulier de Simaldone, un vociférant et minuscule bâtard, jaune, laineux et antipathique qui a été cinq fois sur le point de lui mordre les chevilles. C'était illogique et humiliant de rentrer chez lui par le chemin le plus long, mais, grâce à ce détour, Darío commença à rencontrer Sebastián, qui passait chaque après-midi deux heures dans le jardin de devant sa maison, allongé sur l'herbe au soleil avec de colossales lunettes noires, alors que l'été était encore loin, en effet certains après-midi il y avait des nuages et il faisait froid.

— C'est vrai que tu n'as pas de papa ?

Darío n'est ni insensible ni bête, mais la première fois qu'il parla avec Sebastián il sortit cette question brutale. Il avait tendance à être maladroit quand il s'appliquait trop. Pendant des jours il voulait lui parler et il avait même décidé qu'il briserait la glace, comme les adultes, avec une phrase sur la météo, la musique ou le football, mais le moment crucial l'avait rendu nerveux et il avait lâché cette question affreuse, qui n'était cependant pas hors de propos, car dans le quartier presque personne ne connaissait le nom de Sebastián, tout le monde l'appelait *le garçon sans papa*. Plus qu'un surnom, bien entendu, c'était sa condition énoncée à voix basse, sur le ton avec lequel on signale une maladie honteuse ou mortelle, peut-être contagieuse : un stigmate fondé sur la seule évidence que Sebastián et sa mère étaient les seuls habitants de cette maison. Personne dans le quartier n'était au courant des détails de l'histoire.

— C'est plus ou moins vrai, je ne connais pas mon père, répondit Sebastián, sur un ton ordinaire, justement comme s'il parlait de la météo, de musique ou de football. Il doit traîner quelque part, mais je ne le connais pas ni ne veux le connaître. Il y a des gens qu'il vaut mieux ne jamais connaître. Je risquerais de me retrouver avec un tas de surprises désagréables.

Darío n'en revenait pas. Il voulait tout savoir, toujours il voulait tout savoir, mais il ne trouvait que des questions idiotes à poser.

— Tu as vu des photos de ton papa ? lui demanda-t-il finalement.

— Oui, cinq ou six.

— Et tu lui ressembles ?

— Bof, il a le même nez pointu que moi. Et je crois aussi les yeux verts, mais je ne suis pas sûr, parce que c'est des photos en noir et blanc.

Sebastián semblait concentré, il réfléchissait.

— Tu aimes beaucoup te mettre au soleil, observa Darío, quelques secondes après, pour changer de sujet.

— Je n'aime pas me mettre au soleil.

— Mais tous les après-midi, tu t'allonges dans l'herbe et tu te mets au soleil.

— C'est faux. Je ne me mets pas au soleil, je regarde le ciel. Les nuages, surtout. Et certains oiseaux.

« Je ne me mets pas au soleil, je regarde le ciel », répéta mentalement Darío. Il se dit qu'il se rappellerait cette phrase.

— Mais il n'y a presque pas de nuages.

— Ça ne m'empêche pas d'aimer ceux qu'il y a.

C'était un après-midi froid, avec des nuages rares, en effet, mais joueurs, comme dessinés en vitesse, comme quand on est obligé ou pour combattre l'ennui. Sebastián parlait avec une voix d'adulte sage, et puis tout à coup il lâchait des rafales de rire hésitantes et aguicheuses.

— Et les nuages, tu les vois noirs ?

— Oui. Je préfère les nuages noirs.

Sebastián ôta ses lunettes de soleil et les mit à Darío avec des précautions superstitieuses, comme s'il manœuvrait de délicates jumelles ou un lourd plateau plein de verres de cristal. Darío regarda le ciel et essaya de voir ce que Sebastián voyait. Et il crut avoir réussi. Ce fut la première fois qu'il essaya de voir le monde à travers les yeux d'une autre personne. Les yeux et les lunettes. Ils gardèrent un curieux silence synchronisé, comme s'ils pratiquaient une respiration alternée. Sebastián aspirait quand Darío expirait.

— Tu as déjà pris l'avion ? demanda Sebastián.

— Non.

— C'est émotionnant de traverser les nuages. On sent qu'on va rentrer dedans, et puis rien. Quelquefois l'avion tremble un peu, et puis rien.

— Tu es allé où ?

— Nulle part, mais on m'a raconté. Plusieurs personnes. Chaque fois que je rencontre quelqu'un qui a pris l'avion, je lui demande s'il est rentré dans les nuages.

— Ça doit être émotionnant. Les deux choses.

— Quelles deux choses ?

— Monter en avion et traverser les nuages.

— Oui. Comme quand on va en voiture et qu'avec le brouillard on ne voit pas la route.

— On peut entrer chez toi ? dit Darío.

— Pour faire quoi ?

— Je veux aller aux toilettes.

— Pisse dans les arbustes.

— Je veux faire caca.

— Vas-y chez toi !

Darío insista, il dit qu'il ne pourrait pas se retenir jusqu'à chez lui. Ce n'était pas vrai, il n'avait même pas envie d'aller aux toilettes, il voulait voir comment c'était chez Sebastián, il aimait connaître la maison des gens, même si elles étaient toutes pratiquement pareilles, ça lui plaisait peut-être juste pour ça ; chaque détail, chaque légère différence généraient en lui une longue série de conclusions : présence ou absence de disques, de crucifix, de diplômes, de guitares, de flacons pour faire joli, d'encyclopédies, d'objets d'artisanat.

Enfermé au verrou dans la salle de bain de Sebastián, il commença par inspecter la pharmacie dans l'espoir de trouver des médicaments étranges aux drôles de noms, mais il n'y avait que de la gomina, du coton et un méga-flacon de mercurochrome. Puis il examina les rebords de la baignoire et ce qu'il vit ne lui parut pas non plus extraordinaire ou intéressant : le même shampoing et le même lait corporel qu'utilisait tout le quartier. Quand il sortit de la salle de bain, cependant, il découvrit quelque chose d'inouï : Sebastián occupait la grande chambre et sa mère la petite. Qu'un enfant dorme dans la plus belle chambre de la maison et que sa mère se contente de la moins bonne défiait presque tout ce que Darío savait ou croyait savoir du monde.

— Je ne trouve pas que ce soit si bizarre, dit Sebastián quand Darío lui en fit la remarque. J'ai beaucoup de choses et ma mère n'a rien.

Peut-être était-ce vrai, car la chambre de Sebastián était remplie de décorations et de jouets, y compris cinq Transformers puissants, dont Optimus Prime en personne (Darío aussi avait un Transformer, mais un personnage très secondaire, qui n'apparaissait que dans un unique épisode de la série). Darío pensa que la mère de Sebastián était d'accord, ce qui, d'une certaine façon, prouvait que l'infortune de ne pas avoir de papa avait aussi ses avantages. Après, pendant qu'ils partageaient un yaourt dans la cuisine, Darío pensa que ne pas avoir de papa, ce n'était rien du tout, comparé à ne pas avoir de maman, ce qui était la tragédie absolue.

— À quelle heure rentre ta maman ? demanda-t-il à propos.

— Elle rentre toujours tard, dit Sebastián. Elle a plein de boulot, elle est secrétaire.

Presque aussitôt, comme si elle voulait le démentir, Lali fit son apparition. Darío l'avait vue de nombreuses fois à l'église, assise dans les derniers rangs, et dernièrement il tombait aussi sur elle dans la rue, portant ce même uniforme, de retour de son travail, toute menue et un peu bossue ; elle marchait vite, concentrée sur son chemin, peut-être parce qu'elle ne voulait saluer personne, ou parce qu'elle savait que personne ne la saluerait, elle, pensait Darío. Cette fois, Lali salua Darío avec familiarité, comme si elle était habituée à le trouver là ou à trouver son fils en compagnie. Avant de s'enfermer dans la petite chambre, sa chambre, Lali leur servit des portions généreuses, trop généreuses, de glace Cassata Brick, les trois parfums pour Darío et deux seulement pour Sebastián.

— C'est parce que je suis contre la glace au chocolat, expliqua Sebastián.

— Tu n'aimes pas le chocolat ?

— Si, j'aime, tout le monde aime le chocolat. Mais pas en glace, je n'aime pas. Le chocolat est chaud, c'est absurde d'en faire de la glace. C'est comme une contradiction.

Les garçons discutèrent passionnément de la glace au chocolat et parlèrent aussi de la glace à la vanille et de la glace à la fraise, un laps de temps invraisemblable, on aurait dit des hommes politiques en train de décider de l'avenir du pays, et puis comme ça, d'un coup, ils avaient l'air de présentateurs d'une émission obligés de faire du remplissage. Quand Darío partit, il vit Lali, maintenant en chemise de nuit, avec, sur les oreilles, un casque branché sur une énorme stéréo. Darío associait les chaînes stéréo aux jeunes, il n'avait jamais vu une personne adulte, et encore moins une maman, avec un casque.

II

Darío et Sebastián devinrent aussitôt inséparables. Ils se retrouvaient tous les jours, du lundi au dimanche, et ils n'avaient pas besoin de se mettre d'accord : Darío apparaissait à cinq heures, parfois plus tôt, et presque tout de suite ils s'allongeaient pour regarder les nuages, suivant un système compliqué de classification qu'avait inventé Sebastián. Mais ils parlaient aussi d'un peu de tout ou jouaient aux penaltys ou à se poursuivre avec le tuyau d'arrosage. Occasionnellement, en fin d'après-midi, Darío retrouvait ses autres amis, qui maintenant le regardaient avec méfiance. Une petite fille indiscrète lui raconta que derrière son dos ils l'appelaient *l'ami du garçon sans papa*. Il s'en fichait, ou ne s'en fichait qu'un peu.

Un jour, Darío et Sebastián se rencontrèrent par hasard à l'arrêt du bus, tous deux revenaient de leur école respective. Ils se félicitèrent de la coïncidence, qui était normale, logique, mais qu'ils interprétèrent comme un clin d'œil amical du destin.

— Tu rentres chez toi ? Je ne connais pas où tu habites, dit Sebastián.

Le touriste accompli du foyer des autres n'aimait pas montrer le sien, mais il se réjouit à l'idée soudaine et romantique que son amitié avec Sebastián atteindrait, de cette manière, une espèce de plénitude.

— Mais on passe chez toi d'abord, dit Darío.

— Pour quoi faire ?

Il ne sut pas répondre. En fait, Darío voulait éviter le circuit court qui était le chemin naturel de l'arrêt du bus jusqu'à chez lui. L'angoisse qu'il éprouvait à devoir affronter Simaldone était terrible, ses jambes flanchaient un peu plus à chaque pas et il sentit même qu'il allait tomber, s'évanouir, aussi décida-t-il de marcher plus vite pour en finir au plus tôt avec cette scène tortueuse. Sebastián aussi accéléra le pas, croyant que c'était un jeu. Contre tout pronostic, le bâtard bagarreur les reçut avec sérénité, comme s'il les attendait, ou plus précisément comme s'il attendait Sebastián, car il sembla même ne pas remarquer la présence de Darío. Sebastián s'arrêta pour caresser le chien, qui le remercia de ces amabilités par quelques coups de langue. Darío n'en revenait pas.

— Tu as déjà eu un chien ?

— Non, mais j'aime bien les chiens.

Darío fut sur le point de révéler à son ami qu'il en avait peur. Il préféra se taire, évidemment.

Ce soir-là, ils mangèrent du ragoût, jouèrent sur Atari et firent de la guitare (Sebastián ne savait pas en faire, mais il réussit un *la* assez bien exécuté pour un débutant).

— J'ai adoré, dit l'invité en partant. J'ai bien aimé ta maison, mais je préfère la mienne.

C'était une sorte de blague que Darío ne comprit pas et qu'après il se rappela de manière obsessionnelle, car juste le lendemain, sans laisser un mot, sans prévenir, Sebastián disparut. Les premiers jours, Darío allait sonner sans arrêt chez lui, et tout à coup il eut la certitude qu'aussi bien Sebastián que sa mère étaient dans la maison, mais qu'ils ne voulaient pas lui ouvrir. Cette croyance ne reposait sur rien, mais Darío s'accrocha à cette mauvaise idée. C'est alors qu'un peu par ennui, un peu par angoisse, il avait écrit sa lettre remplie de gros mots.

III

La lettre, déjà bien jaunie, repose depuis deux semaines dans le jardin de devant. L'hypothèse principale de Darío est que Sebastián a retrouvé son père et qu'ils sont partis avec sa mère vivre ailleurs tous les trois, peut-être même dans un autre pays, mais il a encore d'autres théories, moins précises et plus inquiétantes, certaines même surnaturelles. Et puis enfin, un matin, il trouve, coincée dans les bougainvillées du jardin, la glorieuse réponse de Sebastián, qui est aussi et même plus amusante et grossière que la lettre de départ. Il est ému de voir que son ami le plus cher a compris le jeu à la perfection. Et il aime son écriture, il la trouve originale, c'est un mélange étrange de majuscules, de minuscules, de cursives et de lettres bâton.

— Pourquoi as-tu disparu si longtemps ? lui demande Darío ce même après-midi, très sérieusement, tout en faisant semblant de s'en foutre.

— Je me cachais comme un trou du cul de connard de merde fils de chienne à tête de bittasse morveuse qui pue la raie poilue, répond Sebastián.

La rigolade est interminable, comme un tremblement de terre avec de nombreuses répliques, mais peu à peu le silence s'installe et Darío insiste, il veut savoir la vérité. Sebastián lui explique qu'ils sont allés à Quillota pour soigner sa grand-mère malade.

— Et elle va mieux ?

— Elle est morte.

Sebastián n'a pas l'air triste et c'est peut-être pour cette raison que Darío pense que ce n'est pas vrai, que c'est une blague, il s'apprête à éclater de rire. Mais quelques secondes après il arrive à repérer ou à cerner la tristesse sur le visage de son ami. Dans la famille de Darío, personne n'est mort, sa rudimentaire idée de la mort se réduit à la disparition de son chat Veloz, il y a déjà plusieurs années, il ne s'en souvient même plus bien.

— Je crois qu'il manque des avenues, Vitacura et Recoleta, et quelques cartes « Chance », dit Sebastián, dans le salon de chez lui, pendant qu'ils installent le plateau du *Monopoly*.

— Je n'ai pas envie de jouer, dit Darío. Parle-moi de ta grand-mère.

— Pas question, répond Sebastián. C'est pour ça que je veux jouer à ce jeu, pour ne pas penser à elle. Elle le détestait.

— Pourquoi ?

— Parce que c'est un jeu de merde, pour hommes d'affaires suceurs de sang.

— On ne joue pas.

— On joue, pour faire quelque chose. Je vais me mettre à pleurer si je parle d'elle.

À la fin, ils ne jouent pas, ils s'installent sur le lit et regardent quelques épisodes de *Jinny de mes rêves* et de *Ma sorcière bien-aimée* pendant que Darío pense à la tristesse de Sebastián et essaie d'imaginer sa vie sans sa grand-mère, c'est-à-dire sans sa grand-mère maternelle, en plus d'être sans papa, et par conséquent sans grand-mère paternelle. Il demande un cahier à Sebastián et commence à écrire une autre lettre. Vite Sebastián s'y met aussi et quand ils terminent, ils lisent leurs lettres à haute voix et se tordent de rire. Ce qui devient une habitude, deux ou trois fois par semaine, ils écrivent ensemble les lettres, coude à coude, sur la table de la salle à manger ; c'est une espèce d'atelier d'écriture permanent.

Dans la vie réelle, leur relation est harmonieuse, idyllique, tandis que, de ces lettres, surgit un monde parallèle dans lequel les enfants sont une paire de proférateurs de gros mots compulsifs qui ne se voient jamais et qui se reprochent tout un tas de trucs.

— Sortons pour marcher sans but précis, propose parfois Darío, qui adore cette phrase assez ronflante, il s'en sert tout le temps.

Il se sent en sécurité quand il marche avec Sebastián, lequel ne suscite pas seulement le respect unanime des chiens : ce que Sebastián inspire chez les chiens, pense Darío, est une véritable adoration, même les aboyeurs le regardent béatement. Au long de ces balades, cependant, Sebastián est pris régulièrement d'un sentiment de culpabilité, car sa mère lui interdit d'aller au-delà des six ou sept îlots de maisons autour de la sienne. Darío non plus n'a pas la permission ; il s'agit ici d'une des nombreuses zones grises du contrat de l'enfance.

— Je n'aime pas mentir à ma maman, avoue Sebastián vers la fin d'un après-midi presque estival.

Soudain, ils sont vraiment comme perdus dans un paysage étrange de bâtiments industriels et d'ateliers de vulcanisation. Le conducteur d'un tricycle leur dit comment retourner dans leur quartier.

— Ta maman ne le saura jamais. Pourquoi elle te couve tellement ?

— Parce que je suis tout ce qu'elle a.

— C'est sûr.

Ils restent silencieux devant un feu rouge qui leur semble inhabituellement long. Ils ont déjà beaucoup marché et ils ne sont pas sûrs d'avancer dans la bonne direction. Ils se réjouissent quand ils voient une longue enfilade de pruniers, puis les commerces où ils jouent parfois au baby-foot. Ils sont pressés, mais ça ne les empêche pas de faire une partie rapide.

— C'est pour ça qu'il y a des gens qui ont deux enfants, ou plein d'enfants, dit Sebastián. S'il y en a un qui meurt, il leur en reste un autre, et ainsi de suite. Tu as beau être triste, tu ne peux pas te tuer.

— Et qu'est-ce qui se passe si c'est moi qui meurs, demande Darío qui en profite pour faire une roulette et marquer un but.

— Vous, vous êtes trois. Si c'est toi qui meurs, tes parents ne vont pas se tuer, ils seront toute leur vie assez tristes, en pensant à leur fils mort, ils regarderont des photos, mais ils ne se tueront pas. Mais si moi je mourais, ma maman resterait seule. Je crois qu'elle ne le supporterait pas, elle se tirerait une balle.

Ils arrivent chez Sebastián quelques minutes avant Lali. Elle leur prépare du lait avec de l'extrait de vanille et allume aussitôt sa stéréo et met son casque. Avec les échos de la conversation avec Sebastián qui lui trottent dans la tête, Darío pense que Lali est encore triste à cause de la mort de sa mère, en réalité ce qu'il pense, c'est que Lali a toujours été triste, qu'elle *est* une personne triste. Et que la musique qu'elle écoute, par conséquent, doit être triste. Il demande à Sebastián quel genre de musique elle écoute. Il dit qu'il ne sait pas trop. Darío essaie de s'approcher suffisamment de Lali pour déchiffrer l'énigme, mais apparemment elle écoute sa musique à un volume modéré, elle ne marque pas le rythme avec la tête ou une autre partie du corps, et Darío en vient à penser qu'en réalité sa chaîne est éteinte et qu'elle utilise ses écouteurs pour créer une barrière avec son entourage.

— Quel genre de musique vous écoutez ? lui demande-t-il directement, prenant son courage à deux mains.

— Il est où, Seba ?

— Aux toilettes, répond Darío.

Lali s'assoit sur le canapé, comme si elle avait besoin d'un temps pour répondre à la question.

— Tu veux savoir quelle musique j'écoute maintenant ou quelle musique j'aime, comme ça, en général ?

— Les deux.

— Des tangos. Mais ce n'est pas tellement ce que j'aime. J'en écoute parce que ma mère les aimait beaucoup. Cette cassette, je la lui avais offerte pour son anniversaire. Quand j'étais jeune, j'aimais les Bee Gees. Bon, je suis encore jeune. Et j'aime encore les Bee Gees. Dans les artistes de maintenant j'aime REO Speedwagon et Debbie Gibson.

« Je suis encore jeune. » Darío reste à réfléchir sur la prétendue jeunesse de Lali. Quand on est père ou mère, on n'a aucune chance de lui paraître jeune.

IV

Les amis se perdent un peu de vue entre Noël et le Nouvel An, et en janvier, Darío s'en va à Loncura pour les vacances et Sebastián reste seul, probablement résigné à contempler le ciel sous le soleil agressif de l'été déchaîné à Santiago. Darío aime la plage, qui ne l'aime pas ? mais il ne supporte pas d'avoir ses parents sur le dos toute la journée, ceux-là ne cherchent qu'à s'amuser. Sebastián lui manque, énormément. Sur la côte, comme souvent, ce sont des jours étouffants, presque froids, aux nuages copieux et lents qui laissent à peine passer le soleil. C'est à la fois drôle et triste de voir les estivants acharnés à planter leurs inutiles parasols dans le sable.

Il y a un téléphone jaune près du petit bungalow de bois qu'ils ont loué. Darío perd pied dans la pensée vaine d'appeler Sebastián, qui n'a pas le téléphone, pas plus que Darío : ils vivent dans un monde sans téléphone. L'après-midi, il s'approche de la cabine et reste à une certaine distance pour écouter les conversations d'autrui. La communication est presque toujours mauvaise et les gens hurlent des phrases très privées, parfois absurdes, que Darío essaie de se rappeler pour les noter ensuite dans son cahier : *J'en ai mis la moitié mais c'est pas pour ça, Bien sûr que je sais que c'est la famille, Il n'a qu'à retourner à pied comme toujours.*

Une nuit, il ne peut pas dormir, en pleine transe épistolaire. Il réussit à écrire une lettre géniale, très grossière, il est presque sûr que c'est la meilleure de toute son abondante production, et alors qu'il avait pour projet de la remettre à son ami quand il rentrerait, il profite d'une balade à Quintero pour passer à la poste et l'envoyer en recommandé. Par chance il se souvient du numéro écrit sur la façade de la maison de Sebastián. Ce même après-midi, il parvient enfin à ce qu'on lui achète des lunettes de soleil assez semblables à celles de son ami. Pendant les dernières semaines à la plage, Darío passe des heures allongé sur le sable avec ses splendides lunettes. Et il trouve même le moyen de classifier les nuages tout en imaginant sans cesse la scène épatante du facteur remettant la lettre à Sebastián.

La première chose qu'il fait en arrivant à Santiago, c'est d'aller voir son ami. Il est tôt, il calcule que Sebastián doit être chez lui à regarder la télé. Mais il n'y a personne ou, du moins, personne ne lui ouvre la porte, et Darío pense que son ami a de nouveau disparu. Il reste au garde-à-vous, comme un vigile, en attendant ; Lali le trouve là, au retour de son travail, et sa réaction est gênée. Le soupçon ou le pressentiment de Darío est cette fois exact : Lali lui dit que Sebastián est occupé, qu'il a été occupé toute la journée et qu'elle lui a ordonné de ne pas ouvrir la porte, parce qu'ils ne peuvent plus être amis. Elle ne veut pas donner d'explications. Darío insiste, elle le laisse parler tout seul.

Désolé, il retourne chez lui, en shootant dans le même caillou. Le matin suivant, il trouve une courte lettre de Sebastián, sans gros mots : c'est un message de rupture, un adieu à l'amitié. Sebastián ne le lui explique pas vraiment, mais Darío comprend que Lali a lu les lettres et qu'elle a tout compris de travers. Darío passe des heures à spéculer, il ne sait pas si Lali les a toutes lues ou seulement une, ce qui, bien entendu, revient au même.

Darío a un naturel insistant, mais Sebastián persiste dans son refus d'ouvrir la porte. Darío recommence à attendre Lali, qui recommence à lui interdire de se présenter de nouveau. En ultime recours, il écrit une lettre à la mère de son ami. C'est la lettre la plus fleurie, la plus éloquente et avec l'écriture la plus soignée qu'il ait réussie de toute sa vie : la seule lettre née du désir impérieux d'obtenir quelque chose de concret, la seule intégralement consacrée à demander des excuses. Il a bon espoir, il a confiance, tout rentrera dans l'ordre, mais les semaines passent et il n'y a pas de réponse. « C'était un jeu, Lali, un simple jeu. » Souvent, la nuit, il reste éveillé en murmurant cette phrase avec rage.

Les rares fois où ils se croisent dans la rue, Sebastián baisse les yeux et accélère le pas. Peut-être a-t-il souffert lui aussi, ou souffre-t-il toujours, mais Darío pense qu'il n'en a pas l'air et essaie de se dégoûter de lui. Il pense à leur conversation sur la mort, mais il ne veut pas de compassion, il veut le mépriser. Il décide que Lali est une vieille bigote et l'obéissance de Sebastián devient incompréhensible pour lui, elle n'aurait jamais rien su s'ils avaient continué à être amis. Mais Sebastián lui obéit, il la craint. Darío sent qu'il pourrait se mettre à haïr Sebastián, mais il regrette de ne plus le voir. Et Lali aussi, il regrette de ne plus la voir.

Darío s'efforce de sortir le moins possible. Pour l'instant, il est coincé, il ne voit pas de solution : quand il prend le trajet long, il est angoissé de passer devant la maison de son ancien ami, et quand il choisit le trajet court, les résultats sont désastreux, car sa peur de Simaldone est multipliée par mille. « Les chiens flairent la peur », se dit-il à lui-même, parfois à haute voix ; il a entendu cette phrase toute sa vie. Il la répète comme un mantra, pour se donner du courage, peine perdue.

Il parvient à manquer l'école une semaine entière en inventant des maladies successives. On finit par l'emmener chez le docteur, résultat, il est vraiment malade. Une maladie nouvelle est diagnostiquée, elle vient d'être découverte, dit le docteur : côlon irritable. Mais il doit retourner à l'école. Et Darío refuse. Même ses parents, plutôt du genre à ignorer les problèmes, se rendent compte qu'il y a autre chose chez lui. Ils l'interrogent sans le lâcher et à la fin il est obligé de leur avouer la terreur qu'il a de Simaldone. Sa mère lui dit de prendre le trajet le plus long, mais son père, après s'être tordu de rire, juge que ce serait de la connerie, des façons de pédé : les hommes, les vrais, affrontent leurs peurs. Darío maintient qu'il n'a peur que de ce chien-là, mais à un moment donné il lui faut admettre qu'il a peur de tous les chiens du monde.

Un soir, le père de Darío décide d'aller parler avec les maîtres de Simaldone. C'est une situation bizarre. Les parents de Darío n'ont pas l'habitude de parler aux voisins ; les adultes, en général, ne se parlent pas entre eux ; ce sont les enfants qui passent toute la journée dans la rue, ils sont comme les émissaires de certaines îles, les commerçants d'un archipel. Le père de Darío dit aux maîtres de Simaldone qu'ils ne peuvent pas garder le chien sans l'attacher toute la journée. Les maîtres de Simaldone argumentent que leur chien est seul toute la journée et qu'il surveille leur maison et, par extension, le quartier dans son entier, que c'est un chien courageux. En plus, il n'aboie qu'après les roues des voitures et les gens inconnus ou suspects. Ils insinuent que peut-être Darío est, pour une raison quelconque, une personne perpétuellement inconnue et suspecte aux yeux du chien. En réalité, Simaldone aboie après presque tout le monde, mais l'argument fonctionne et reste immuable, un peu comme une vérité. Vers la fin de la réunion improvisée, Simaldone lui-même s'approche en haletant amicalement du père de Darío, qui caresse son pelage et lui attrape sa brave patte droite, comme pour conclure une affaire.

« Tu dois affronter tes peurs », dit-il à son fils. C'est une phrase qui, prononcée avec délicatesse, pourrait se révéler tendre, protectrice, mais elle est dite avec dureté, comme si c'était un décret, comme s'il lui interdisait la peur pour toujours. Darío ne veut pas que son père le défende pour quoi que ce soit, il ne veut pas que son père aille parler à un voisin, à aucun, jamais plus, aussi essaie-t-il, chaque jour, de s'habituer à ce chien cynique et grande gueule : il se torture même en marchant plus lentement, comme s'il voulait, comme s'il souhaitait que le bâtard l'agresse. Plusieurs fois, il s'arrête et regarde droit dans les yeux le chien qui aboie encore plus fort, peut-être un peu déconcerté, mais de toute façon intimidant. Et c'est peut-être ce que Darío désire exactement : que Simaldone lui plante ses crocs et qu'ils comprennent tous qu'il avait raison, même s'il allait devoir marcher avec des béquilles pour le restant de ses jours.

V

Deux années passent, remplies de minimes événements, la sensation de changement est effrénée, vertigineuse : Darío vient d'avoir treize ans, il est officiellement grand et mince, et des constellations d'odieux boutons signalent caricaturalement sa condition d'adolescent. Maintenant, il va loin du quartier pour ses études, à la session de l'après-midi, ce qui, au début, ne lui plaisait pas, c'était comme le monde à l'envers, mais il a été rattrapé par le bonheur de se lever à neuf heures passées, de prendre son petit déjeuner seul et d'écouter de la musique à plein volume sans se faire embêter.

Il vient de sortir, en direction de son lycée, il marche vite, à grandes foulées, car ce qui semblait impossible est devenu réalité : Simaldone n'aboie plus après lui, il se contente de grogner à l'occasion quand il le voit passer. En dépit de ses poils blancs autour du museau, c'est toujours un jeune chien qui aboie passionnément au passage des voitures et aussi après quelques personnes, surtout les enfants, mais il laisse enfin Darío en paix, peut-être pour toujours.

Darío arrive à l'arrêt et remarque qu'il n'y a personne d'autre qui attend le bus, ce qui le contrarie. Quand les chauffeurs voient un pingouin solitaire planté à l'arrêt, ils passent au large le plus souvent, avec assurance et dédain, c'est pourquoi Darío se sent ridicule en cet endroit, dans son attitude de suppliant ; il tord les muscles de sa face et retient sa respiration, il pense avoir réussi à créer une espèce d'impression d'adulte. C'est une stratégie absurde qui, cet après-midi-là, cependant, semble porter ses fruits

– le bus ralentit vraiment et Darío se prépare pour faire une entrée triomphale et va même jusqu'à adresser un large sourire au chauffeur, mais juste à ce moment-là il sent la pierre qui le frappe dans le dos. Il se retourne et voit un gamin d'environ sept ans qui le regarde, provocateur, la morve au nez.

— Qu'est-ce qui t'arrive, sale môme, lui dit-il avec un mépris qui pourrait être perçu comme de la compassion.

— Qu'est-ce qui t'arrive à toi, enculé de ta mère, répond l'enfant. – Sa voix est très aiguë, même pour un gosse. – Monte dans le bus et fais pas chier, dégonflé.

— Comment tu oses traiter ma mère, bout de viande crue.

Darío se résigne à laisser son bus repartir et peut-être est-ce à cause de cette hésitation qu'il a sorti cette insulte étonnante, comique en fait : sa grand-mère le lui dit quelquefois, *bout de viande crue*, mais avec amour.

— Qu'est-ce tu lui veux, à mon frère, grande pédale. T'veux qu'on te fasse braire, double-mètre ? se mêle le frère de l'agresseur, qui avait observé la scène, planqué derrière un arbre. Il a peut-être quinze ans, en tout cas, d'apparence, il est bien plus vieux que Darío, plus petit que lui de quelques centimètres, mais plus râblé, un caïd dans toute sa splendeur.

— Ton frère m'a jeté une pierre.

Phrase toute innocente, Darío ne comprend pas encore l'embuscade.

Il arrive alors quelque chose qui pourrait être beau dans un certain sens. Le caïd sort un mouchoir pour torcher sa morve à son petit frère. Pendant quelques courtes secondes, pendant qu'il contemple cette scène fraternelle, Darío nourrit l'espoir que tout en restera là, une fanfaronnade. Il ne s'est jamais battu avec personne et jamais personne ne l'a frappé, mis à part les sporadiques gifles de sa mère.

— Allonge-toi par terre, enculé de mes couilles, lui ordonne le caïd. Vas-y, le Kéké, fais-toi plaisir, rétame-le, toi tout seul, comme je t'ai appris ; et s'il essaie de se défendre, je te jure que j'en fais de la bouillie.

Darío obéit, le petit semble plus enthousiaste que mauvais, on voit bien que c'était ça, leur plan. Mort de rire, il envoie à Darío quelques coups de pied dans les jambes ; l'agressé se couvre les testicules pour au moins amortir les coups. Le frère du Kéké applaudit chaque coup de latte comme s'il assistait à un feu d'artifice et que c'était lui, justement, qui avait organisé le spectacle et contemplait, avec fierté, son chef-d'œuvre.

Un passage à tabac qui n'en finit pas, filandreux et même, en un certain sens, ennuyeux. À un moment donné, comme s'ils étaient sur la plage et jouaient sur le sable, le Kéké envoie une poignée de terre dans les yeux de Darío, et la terre devient de la boue mêlée à ses larmes encore peu abondantes. Il garde les yeux fermés pendant plusieurs minutes pendant que le Kéké lui flanque des coups de pied dans les jambes et dans les fesses. Des gens passent, mais se contentent d'esquiver la culottée, comme on évite, par superstition, de passer sous une échelle. Darío ressent les pas, les voix, l'humiliation. Le Kéké et son frère l'obligent à se remettre debout et à marcher vers une petite place ou vers quelque chose qui, dans le futur, devrait se transformer en une place, mais qui, pour le moment, n'est qu'un carré d'herbe débutante.

— Retourne par terre, grosse feignasse. Continue de le frapper, Kéké, tu fais ça super-bien, champion.

Le Kéké lui envoie trois coups de pied dans la figure, Darío devine le sang qui émane de sa pommette gauche et adhère à la boue de larmes. Il parvient à attraper les chevilles du gosse, qui tombe sur le sol, mais aussitôt le caïd vient au secours de son frère et punit Darío avec un terrible coup de pied dans les côtes et, après l'avoir immobilisé, fait un truc inattendu : il lui ôte ses chaussures et se met à le frapper avec, sur la tête, comme s'il écrasait des moustiques. Ensuite, le Kéké et le caïd fouillent le sac à dos de Darío, y trouvent le sandwich au fromage de sa collation et le mangent avec appétit. Darío se console avec la pensée que ses agresseurs sont pauvres et qu'ils ont faim, mais il n'en est pas si convaincu. Avant de partir, les frères lui prennent aussi sa veste.

Darío ne perd pas connaissance, mais il a du mal à bouger. Il entend de nouveau des voix et des pas, le bruit des voitures, des bus. Il est absurde que personne ne s'approche pour l'aider. Il croit sentir quelque chose comme la floraison de bleus sur tout son corps. Ce sont de futurs bleus, bien entendu, mais il croit les sentir déjà inscrits ; inévitables, dans son corps. Il ôte sa chemise pour étancher le flux de sang sur son visage.

VI

— Tu peux marcher ? lui dit quelqu'un : Sebastián.

Sebastián n'a plus la même voix, mais Darío le reconnaît aussitôt. En ajustant ces paroles avec le visage de son ancien ami, il éprouve un mélange de gratitude et de panique. Pendant qu'il lui explique confusément qu'il doit aller au lycée, mais que c'est impossible dans cet état, il remarque sur le visage de Sebastián le brouillon d'une moustache que le premier rasage n'a pas encore raidi.

Darío avait espéré retrouver son sac à dos, mais les caïds ont tout emporté. Il retire ses chaussettes et marche en s'appuyant sur Sebastián. Ils forment un couple étrange : Sebastián rentre de son collège de curés où il poursuit ses études, avec sa cravate légèrement desserrée et son uniforme impeccable, y compris ses chaussures, qui semblent avoir été cirées récemment, tandis que Darío marche avec sa chemise ensanglantée à la main, pieds nus et blessé.

— Je ne peux pas rentrer chez moi.

— Pourquoi ?

— Je ne veux pas qu'ils me voient comme ça.

— Alors viens chez moi, dit Sebastián.

C'est un après-midi aux nuages rapides, il y en a deux ou trois lancés dans une espèce de course dont le propos serait peut-être de fusionner avec un nuage plus grand. Mais aucun des deux garçons ne regarde le ciel comme avant, ils se concentrent plutôt sur le sol et avancent avec précaution. Ils croisent des voisins qui les regardent en coin, seule une femme propose de les aider, mais Sebastián lui répond pour les deux, avec un sourire, de ne pas s'inquiéter, que tout est sous contrôle. Darío fait un effort énorme pour marcher un peu plus rapidement. Il a mal dans tout le corps, mais ne pense pas à la douleur ni à ce qui vient de lui arriver, il pense à

Sebastián, à cette circonstance étrange, il marche au bras de son ancien ami ou ami à nouveau.

Ils sont chez Sebastián, qui désinfecte lui-même les blessures avec du mercurochrome (« sûrement le flacon de l'autre fois », suppose Darío) et ouvre la douche. Pendant que l'eau tiède coule sur son corps, Darío pense que Sebastián sait comment faire, on dirait que c'est son métier. Puis il se dit que, simplement, Sebastián est plus habitué à être seul chez lui et qu'il est peut-être plus mûr, par conséquent, pour la vie.

Son pantalon est sale, mais pas déchiré. Sa chemise, au contraire, est tachée et en lambeaux, il faut la jeter. Sebastián lui passe un tee-shirt beige et de vieilles sandales. Le tee-shirt lui va bien, maintenant Darío est plus grand que Sebastián, mais ils ont gardé le même gabarit. Sebastián lui donne un cachet de dipyrone et l'emmène dans sa chambre, qui n'est plus la grande chambre, c'est la petite.

— Nous avons échangé, lui explique Sebastián, avant que Darío le lui demande.

— Tu n'as plus autant de choses qu'avant, dit Darío, pour parler. Ou alors ta maman en a plus.

Sebastián hausse les épaules et va à la cuisine. Darío reste seul dans cette chambre qui lui apparaît comme une imitation de la chambre précédente, quoique peut-être une imitation plus raisonnable ou plus véritable. Il veut enfiler son pantalon souillé, mais tout son corps lui fait mal. Il s'allonge sur le lit en slip. Il dort pendant dix minutes. Quand il se réveille, il croit que des heures ont passé. Il fait bon, mais Sebastián lui a mis une couverture.

Sur la table de chevet, il y a un verre de lait froid, il le boit presque cul sec, en deux longues gorgées.

— Tu veux voir un film ?

— Lequel ?

— J'en ai plusieurs, dit Sebastián.

— Mais tu les as tous vus.

— Pas toi, si ça se trouve. Et moi, je peux les revoir.

— Je ne sais pas. Comment tu vas depuis ?

La question de Darío est naturelle, mais elle semble forcée ou triste. Peut-être est-ce pour cette raison que Sebastián se contente de sourire. Un long silence s'installe, qui attriste Darío. Mais pas un silence tendu, en tout cas. Il est différent du silence qui règne chez lui, du silence de la messe ou du silence pendant les contrôles, au lycée. Ce n'est pas non plus le silence d'avant, quand ils regardaient les nuages ou écrivaient leurs lettres à gros mots, ou peut-être que si, peut-être qu'il ressemble quelque part au silence de cette époque.

Sebastián sort de la chambre, revient avec une minichaîne et met tout bas *The Head on the Door*, la cassette de The Cure ; Darío ne connaît que le premier morceau, il le fredonne mentalement. La musique le berce : il se réveille quand la face A vient de se terminer. Sebastián est assis sur une chaise, il le regarde. Darío pense ou peut-être sait plutôt que son hôte inattendu est là depuis un moment. Sebastián se lève pour retourner la cassette.

Darío se sent mieux, encore engourdi, mais mieux. Il se blottit dans le lit, comme quelqu'un qui a décidé de dormir dix minutes de plus, bien qu'il n'ait plus envie de dormir, en réalité. Il imagine son père furieux, lui disant qu'il doit apprendre à se défendre. Et il croit savoir se défendre ; il croit que toujours, de toute manière, il a su se défendre. Après, il se souvient de la morve du petit frère, du caïd qui le mouchait, il revoit la scène plusieurs fois de suite. Il s'imagine mouchant un petit frère inexistant, ou qu'il est, lui, le petit frère et qu'un énorme grand frère mouche son nez. Il pense que peut-être c'était une leçon, ni plus ni moins : que peut-être le Kéké se fait taper à l'école et que son grand frère a décidé de lui apprendre à se défendre de cette manière absurde et sanguinaire, une mauvaise manière. Il s'enfonce dans ce lit qui n'est pas à lui, la couverture lui gratte les jambes ; soudain, toute la douleur qu'il sent le long de son corps lui semble le produit de cette couverture râpeuse.

Sur ces entrefaites, Lali arrive. Il a peur de l'affronter, de la revoir. Il entend qu'elle et Sebastián parlent, il n'arrive pas à comprendre leur conversation, mais ils ne crient pas, ils ne se disputent pas, il n'y a pas désaccord.

— Tu te sens assez bien pour te lever ? lui demande Lali avec une voix normale, calme, quelques minutes plus tard.

Darío acquiesce et elle l'aide à se mettre debout.

— Ne sois pas gêné, dit Lali, je t'assure que ce n'est pas la première fois que je vois un garçon en slip.

Ils s'assoient tous les deux à la table.

— Et Sebastián ? demande Darío.

— Je l'ai envoyé faire des courses, dit Lali. Comment tu vas ?

— Bien, dit Darío, désorienté et nerveux.

— Plutôt en bouillie, sûrement, dit Lali.

— Vous ne travaillez pas en ce moment ?

Darío a remarqué que Lali porte un uniforme différent et il en profite pour changer de sujet.

— Qu'est-ce que ça peut te faire, gentil petit fouille-merde.

Lali lui parle avec une agressivité feinte, qui n'est que de la douceur.

— Pardon, dit Darío.

— Je travaille toujours au même endroit.

— Alors les uniformes ont changé.

— Oui, répond Lali. Et toi, tu continues à ne parler qu'en gros mots ?

— Non, dit Darío. Je n'en dis presque jamais. Juste quand je suis en colère, et quelquefois je me mets en colère sans dire de gros mots. Mais je ne me mets presque jamais en colère. J'ai bon caractère.

Darío parle avec ce ton classique de quelqu'un qui se prétend innocent. Lali le regarde avec tendresse.

— On m'a toujours appris que les enfants ne doivent pas dire de gros mots, dit Lali. Mais parfois je pense qu'on m'a mal appris. Ou que j'ai tout appris de travers.

Dans ce qui veut passer pour une excuse perce une réflexion personnelle faite à voix haute. Darío ressent du soulagement et de l'enthousiasme.

— Ce n'était qu'un jeu, dit-il avec un filet de voix.

Il regrette d'avoir lâché cette phrase inutile. Elle se ronge un ongle, deux ongles.

— Moi aussi, je me ronge les ongles, dit Darío.

— C'est mal, dit Lali. C'est très mal.

Sebastián revient avec un petit mille-feuilles. Il est agité, comme s'il avait couru depuis la pâtisserie. Ils mettent le couvert tous les trois et coupent le gâteau. D'un coup, ils sont comme une famille, pense Darío. Ou lui se voit comme un cousin éloigné qui débarque à l'improviste et sans explication pour le goûter tardif. Je ne les connais pas, je ne les ai jamais connus vraiment, pense aussitôt Darío. Mais maintenant je vais les connaître, peut-être.

— Ici, on est plutôt pauvres, mais on mange des mille-feuilles tous les jours, dit Lali.

Puis elle demande à Darío de lui raconter son histoire.

Darío essaie de tout raconter, il soigne les détails, bien qu'il ait de plus en plus la sensation de les inventer au fur et à mesure, et il s'embrouille un peu ; ces derniers temps, il a toujours cette sensation de tout inventer, ou presque tout. Mais maintenant, quelque chose lui est arrivé, du sérieux, quelque chose à raconter.

— Tu t'es fait agresser, ils t'ont dépouillé, mon petit, ça nous arrive à tous, dit Lali.

— Ils ne m'ont pas dépouillé.

— Ils t'ont volé ton sac à dos, ta veste, tes chaussures, dit Sebastián, qui était resté silencieux, ça s'appelle dépouiller. Ils t'ont dépouillé !

— Ils en ont profité pour se servir. Mais ils ne faisaient pas dans le racket. Ils voulaient me cogner, voilà tout.

— Ils voulaient te voler, c'est pour ça qu'ils t'ont cogné, dit Sebastián.

— Si je comprends bien, c'est des pauvres méchants ? demande Lali.

— Non, répond Darío. C'est des enfants normaux, comme nous.

— Mais vous, vous n'auriez pas fait ça, dit Lali.

— Non, dit Darío.

— Non, dit Sebastián.

— Donc, vous êtes des gentils.

— Oui, dit Darío, dubitatif.

Il se peut que Sebastián et sa mère aient raison et que ces enfants aient simplement voulu le dépouiller. Darío pense qu'à l'avenir il va raconter cette histoire comme un guet-apens, car un guet-apens est plus logique, moins humiliant. Ils se servent une seconde part de gâteau. Sebastián se lève, revient avec la mini-chaîne et remet la cassette de The Cure. Lali fredonne la première chanson. Darío pense que peut-être la cassette est à elle, que ça lui plaît à elle, The Cure. Ou aux deux, à elle et à Sebastián. Il aime bien imaginer quelque chose comme ça : mère et fils écoutant et se plaisant à écouter la même musique. Il pense aussi que Sebastián parle peu et ne dit plus les choses géniales qu'il disait avant. Il a changé. Mais peut-être qu'il n'a pas changé. Il ne peut pas encore le savoir, c'est trop tôt, pense Darío. Peut-être plus tard, ou demain, ou n'importe quel jour dans le futur, il redeviendra celui qu'il était il y a deux ans.

— Kuku ! dit tout à coup Lali, avec l'enthousiasme de quelqu'un qui réussit enfin à résoudre une énigme très compliquée.

— Quoi ? demande Darío, surpris.

— Si le petit frère s'appelle le Kéké, le grand frère si ça se trouve s'appelle le Kuku. Et il sentait le Kuku ? Tête de Kuku ?

Le rire qui suit n'en finit pas de grandir, libérateur, très long, contagieux.

— Je crois qu'il s'appelle Tête de nœud, dit Sebastián.

— Ou Tête de queue, dit Lali.

Darío sourit avec une joie pleine et nouvelle, tandis que Sebastián et sa mère continuent un long moment à inventer des prénoms au frère du Kéké : Marmelade de pets, Caboche de carie, Étron de maïs, Juanito Touchtonzob, Rocky Quéquetta.

Gratte-ciel

Je ne suis pas allé à New York, parce que je n'ai pas voulu me couper les cheveux. Et mon père n'a pas lu ma « Lettre au père ».

— Je la lirai quand j'aurai envie de pleurer, me dit-il. Mais je n'ai jamais envie de pleurer.

Je n'ai pas su quoi lui répondre. Je ne savais jamais quoi répondre. C'est pour ça que j'écrivais, c'est pour ça que j'écris. Ce que j'écris, ce sont les réponses qui ne me sont pas venues à temps. Les ébauches de ces réponses, en réalité.

La première fois que je me suis lancé dans cette histoire, par exemple, je t'ai gommé. Je croyais que c'était possible de dissimuler ton absence, comme si tu avais raté la représentation et que les autres acteurs s'étaient vus obligés d'improviser des ajustements d'ultime minute.

Dernièrement, je comprends que l'histoire commençait avec toi, parce que, même si j'avais voulu, d'une certaine façon, l'éviter, c'est, dans tous les sens du mot, une histoire d'amour.

*

Il y avait à peine une semaine, tout était en ordre – il serait impropre de dire que tout allait bien, car les choses n'allaient jamais vraiment bien, mais quelquefois on pouvait se contenter de la moyenne et il y avait même des jours heureux. Mon père et moi, toutes vitres baissées, écoutant les nouvelles : peut-être avions-nous l'air de deux amis, ou de deux frères qui se rendent au travail, contents de s'avoir l'un l'autre pour agrémenter le voyage en parlant de tout et de rien.

— Tu devrais apprendre à conduire, me dit-il ce matin-là à un feu rouge.

Depuis mes quatorze ans, j'entendais cette phrase, peut-être même avant, à douze ans. Maintenant, à vingt ans, je me disais que oui, qu'apprendre à conduire avait du sens, ne serait-ce que pour cultiver la jouissive fantaisie idiote d'une fuite véloce sur la route, après avoir tout volé à mes parents, en commençant par la voiture. Mais aussi, j'aimais bien ne pas savoir conduire, ne jamais apprendre.

— Je pourrais apprendre, oui.

— Tu veux que je t'apprenne ? me dit-il, enthousiasmé. Demain dimanche ?

— Demain, super.

Le bureau de mon père se trouvait dans le centre de Santiago, mais il fit un détour de quelques rues pour me déposer près du consulat des États-Unis, où j'avais un rendez-vous pour une demande de visa. Je m'étais fait à l'idée d'une procédure sans fin, mais au bout d'une heure j'étais libre et je parvins même à me présenter au cours de Schuster à peine en retard, ce qui, de toute façon, n'était pas un problème, car ce professeur détestait les formalités, on entrait dans la salle et on en sortait sans avoir besoin de prétextes, comme si le cours avait lieu en pleine rue et que l'on n'était que les spectateurs momentanés d'un prêcheur ou d'un camelot.

Je me réfugiai, comme toujours, au dernier rang, je sortis mes photocopies des poèmes de César Vallejo et le gigantesque cahier où je notais quelque phrase isolée, je n'essayais même pas de prendre des notes, les plus bosseurs n'étaient déjà pas capables de mettre par écrit le parfois brillant, mais toujours déconcertant soliloque de Guillermo Schuster – je me souviens de lui en pleine péroraison, sa gitane dans la main droite et dans la gauche sa tasse de café, qui n'était pas une tasse, à proprement parler, mais le capuchon de son thermos de café. Chaque gorgée marquait le *crescendo* du professeur, dont le numéro démarrait avec des observations générales, aussi hésitantes que sensées, puis dérivait en une série de digressions loquaces qui conduisaient à la dispersion totale. Peut-être est-ce pour cette raison que le bruit courait que le thermos contenait, en réalité, du café arrosé de whisky ou du café au pisco, et il y en avait même qui prétendaient que ce que Schuster buvait pendant qu'il donnait ses cours, c'était une vodka polonaise de marque, qui aurait été gâchée, évidemment, s'il l'avait allongée de café.

— Vous pouvez éteindre votre cigarette, professeur, s'il vous plaît ? dit, ce matin-là, une étudiante inconnue : toi.

Je réussis à te voir, en diagonale, au deuxième rang ; tu agitais ta jambe gauche avec impatience.

— Pourquoi ? demanda Schuster tout déconcerté, comme s'il venait d'entendre une absurdité.

— Je suis enceinte, répondis-tu.

Il est difficile d'expliquer que non seulement alors il était permis de fumer à l'intérieur des salles de cours, mais encore que c'était considéré comme un acte absolument normal, presque raisonnable. Parfois, au milieu de l'hiver, avec les grandes baies fermées, il y avait cinq ou six cigarettes allumées simultanément, si on le voyait dans un film on trouverait que c'est de l'exagération, on y verrait un procédé minable, une parodie.

Je pensai que Schuster allait réagir avec un dégoût infini et aurait recours, comme d'habitude, au sarcasme, mais il t'adressa un sourire curieux de deux ou trois secondes avant d'écraser sa cigarette sur le sol. Son assistant, présent dans la salle, jouant les groupies et qui synchronisait ses cigarettes avec celles de Schuster, comme s'ils appartenaient au même cercle fermé de fumeurs, fut obligé lui aussi d'éteindre sa cigarette. Et je dus retenir l'envie que j'avais d'en allumer une.

À la fin du cours, Schuster et son assistant sortirent rapidement vers le parking et je sortis avec eux pour leur parler de mon départ.

— Il n'y a pas de problème pour tes vacations ici, détends-toi. – Schuster se caressa le visage comme pour fourrager une imaginaire barbe fournie. – Mais ta ville, New York, je ne la sens pas. Je ne l'aime pas.

— Pourquoi ?

— C'est une ville survalorisée, dit-il de son ton habituel d'intellectuel sceptique. Un de mes enfants y a vécu dix ans, là-bas, à Brooklyn.

— Sale ville, New York, dit l'assistant. Dégueulasse.

Un de mes enfants, pensai-je, impressionné que Schuster ait plus d'un enfant. Je pouvais parfaitement l'imaginer père de quelqu'un, presque tous les adultes que je connaissais avaient au moins un enfant, mais que Schuster ait *engendré* – je le pensai avec ce verbe – deux ou plus êtres humains fut pour moi, à ce moment, étrange et peut-être alarmant.

J'étais sur le point d'allumer ma cigarette en attente quand je te vis qui t'approchais.

— Tu as une autre cigarette ? m'as-tu demandé.

— Tu n'es pas enceinte ?

— Il y a des femmes enceintes qui fument, m'as-tu dit. Non, la vérité c'est que j'ai perdu l'enfant que j'attendais. Il n'y a pas longtemps, dans mon bain. C'était horrible.

Un court silence suivit. Tu fumais plus vite que moi.

— Et pourquoi tu lui as dit d'éteindre la sienne ?

— Juste pour faire chier, ce monsieur n'arrêtait pas de parler. Je n'ai jamais été enceinte, ajoutas-tu, comme s'il était nécessaire de mettre les choses au point.

— Comment tu as trouvé le cours ?

— Bon. J'ai aimé les poèmes qu'on a analysés. Vallejo, c'est quelqu'un. Je n'ai rien compris au prof, mais j'ai aimé son cours, je crois. Tous ses cours sont comme ça ?

— Oui. Schuster est dément.

Je devais entrer au cours de méthodologie de la recherche littéraire, mais je préférai marcher avec toi, dans une dérive incertaine. Tu me racontas que tu avais envie de faire des études de lettres et que tu étais venue au cours de Schuster par curiosité.

— Je n'ai jamais voulu étudier quoi que ce soit, as-tu dit. Et je ne sais pas encore si je veux vraiment.

Tu avais, comme moi, vingt ans, mais tu semblais plus adulte ou plutôt je sentis, d'une certaine façon, une présence de jadis, noble. Sur ces entrefaites, je pus te regarder vraiment bien et j'eus conscience de tes yeux, grands, presque disproportionnés. J'observai ton nez un peu aquilin, tes mains fines et longues, tes tout petits ongles vernis en vert. Tu avais les cheveux longs, mais un peu plus courts que les miens. Moi, ils m'arrivaient à l'épaule. Toi aussi, tu m'arrivais à l'épaule, mais sur le moment j'ai pensé que tu étais de ces personnes qui ont l'air grandes, quand elles ne le sont pas.

Nous avons marché jusqu'à la Plaza Ñuñoa. Je voulais combattre le silence, car je n'avais pas encore compris qu'il était possible, qu'il était nécessaire de le partager. Je te parlais de mon voyage à New York, mais alors que je voulais t'apparaître hédoniste et naturel, je suis sûr que tu me trouvais assez prétentieux, j'aurais dû répéter avant, devant le miroir. Toi, oui, tu connaissais New York et une bonne partie de l'Europe, et tu avais perdu le compte des fois où tu étais allée à Buenos Aires, ta ville préférée. Tu ne m'as pas raconté tout ça à ce moment-là. Tu as mentionné seulement que tu connaissais New York.

— Qu'est-ce que tu as le plus aimé à New York ?

— Des peintures de Paul Klee. Au Metropolitan. C'était mieux que tout. Elles m'ont plu, mais pas seulement : elles m'ont rendue heureuse.

Tu parlais en des phrases courtes et avec de longues pauses entre chaque mot. Tu parlais comme l'héroïne d'un film beau et lent, tandis que je parlais comme un acteur de comédie qui, pour la première fois, a obtenu un rôle sérieux et important, et veut prouver au monde sa faculté d'adaptation. Mais sa performance est triste, parce qu'on sent l'effort.

Nous entrâmes dans la librairie Le Jouet enragé. J'y passais tous les jours, je restais un long moment, quelquefois toute la soirée, à discuter avec un des libraires, surtout quand c'était Miguel, que je considérais presque comme mon meilleur ami, même si j'aimais aussi parler avec le Chino ou avec Denise – tous trois étaient d'anciens étudiants de la faculté, ils n'avaient pas encore trente ans, mais ils avaient réussi à ouvrir cette petite librairie qui était excellente et qui, cependant, ou peut-être pour cette raison même, allait sombrer sous peu. Ils ne vendaient pas de mauvais livres, du moins ils s'y efforçaient. Ils composaient la vitrine et les tables selon une idée collective de la littérature dont ils étaient fiers. Si on leur demandait des livres d'auteurs qu'ils considéraient médiocres ou commerciaux – ce qui, dans leur opinion, revenait exactement au même –, le Chino et Denise descendaient chercher des exemplaires à la cave et les vendaient à contre-cœur. Mais pas Miguel ; Miguel, dans ces cas-là, écarquillant ses yeux verts, était presque incapable de contrôler la satisfaction qu'il éprouvait en donnant sa réponse : « Ici, nous ne vendons pas ce genre de livres. »

Nous avons regardé les comptoirs et les rayonnages du Jouet enragé, et pendant trente ou quarante minutes, la vie n'a consisté en rien d'autre que de nous recommander mutuellement et énergiquement des livres, de nous réjouir quand nos goûts coïncidaient et de construire la fiction tacite qu'à l'avenir nous lirions ensemble tous ces livres.

— J'habite tout près, m'as-tu dit tout à coup. J'aimerais t'inviter chez moi pour regarder un film, mais maintenant je dois partir, il faut que je promène ma chienne.

Tu as payé le livre d'Olga Orozco que tu avais feuilleté et tu es partie à pas rapides, et pour quelques secondes, je me suis laissé porter par la pensée fataliste que je ne te reverrais plus.

— Elle vient toujours, me dit Miguel après. Vers midi, et même avant, vers onze heures. Elle feuillette les livres pendant un bon moment, parfois elle en achète deux ou trois, d'autres fois elle note une phrase dans un petit carnet et elle s'en va sans rien acheter.

— Et qu'est-ce qu'elle achète ? Que de la poésie ?

— Poésie et essais. Et philosophie. Mais aussi des romans, parfois. Elle t'a plu ? Elle te plaît ?

Je m'énervais, je sentais que la question, en plus d'être directe et moqueuse, recelait une certaine cruauté.

— Elle est différente.

— Différente de qui ?

— Je ne sais pas. De tout le monde, je suppose.

Mon ami éclata de rire et je me sentis découvert, révélé. J'eus envie de quitter la librairie, mais Miguel, peut-être conscient de mon malaise, partit chercher des cafés à Las Lanzas. J'adorais ces rares minutes où je restais responsable de la librairie, comme, en théorie, ce serait le cas bientôt, si les ventes remontaient – ils voulaient que je travaille avec eux, mais ils disaient que c'était impossible pour l'instant. Nous bûmes nos cafés, après j'essayai d'aider un peu Miguel, qui naufrageait devant un tableau Excel, et, très vite, j'allai m'asseoir dans un coin pour regarder quelques anthologies de poésie. Dans aucune il n'y avait de poèmes d'Olga Orozco.

Un peu avant la fermeture, Álvaro Rudolphy, l'acteur de séries télé, entra dans la librairie avec l'assurance que lui valait son immense popularité, il adressa à Miguel un sourire, disons, télévisuel, avant de lui dire :

— Hé, mec, recommande-moi un livre.

— Je ne peux pas, je ne te connais pas, répondit Miguel sèchement et immédiatement. Comment veux-tu que je te recommande un livre si je ne te connais pas ?

Rudolphy sortit de la librairie déconcerté, humilié même, et on ferma le lieu dans un grand fou rire.

— On va dîner au Dante, me dit Miguel.

— Comment veux-tu que j'aille dîner avec toi si je ne te connais pas ? je lui réponds.

Nous avons mangé deux *chacareros* et bu quelques bières pour prolonger la joie de cette phrase nouvelle, qui servait à tout, qui réglait tout. Comment veux-tu que je partage mes frites avec toi si je ne te connais pas ? Comment veux-tu que je te passe la moutarde si je ne te connais pas ? Comment veux-tu que je paie l'addition si je ne te connais pas ? On n'avait rien contre Rudolphy, rien du tout, nous le trouvions même bon acteur, mais se rappeler sa tête ahurie fonctionnait comme une espèce d'étrange victoire.

Miguel est parti et je suis resté presque une heure sur un banc de la Plaza Ñuñoa dans le cas où tu apparaîtrais en train de promener ta petite chienne. Il m'a fallu me faire violence pour accepter que je devais rentrer chez moi. J'ai pris le bus à presque minuit, j'ai pioncé contre la fenêtre, pendant le trajet.

*

Le lendemain matin, je m'éveillai avec le bruit infernal du presse-orange. C'était une astuce récurrente, hélas, de mon père qui ne pouvait pas supporter que nous continuions à dormir quand il avait déjà lu les pages des sports de son journal, les seules qui l'intéressaient. Mais il eut la délicatesse de presser quatre oranges en plus et de déposer un verre sur ma table de chevet, au milieu des livres entassés.

— Tu ne peux pas lire vingt ou trente livres à la fois, fils.

J'allais lui répondre qu'en fait si, je pouvais lire vingt ou trente livres à la fois et que certains de ces livres, tels ceux de poésie, ne s'épuisaient jamais, mais je préférai feindre que je dormais toujours.

— Il faut que tu te fasses couper les cheveux, me dit-il alors. Pour aller à New York. Ils vont te discriminer si tu te balades avec les cheveux longs.

Il sortit de ma chambre et, pour quelques secondes, je berçai l'espoir qu'il ne reviendrait pas. Je me levai pour boire d'un trait le jus d'orange. Je regardai le plafond, le verre vide aux lèvres. Mon père était revenu dans ma chambre, je sentais son regard en attente de quelque chose, mais je ne le regardai pas en retour.

— Tu vas te faire couper les cheveux ? Oui ou non ?

— Non.

— Si tu ne te fais pas couper les cheveux, tu ne vas pas à New York.

— Alors je ne vais pas à New York. Je m'en fous, de New York, je n'ai pas l'intention de me faire couper les cheveux.

Il était plus ou moins vrai que je me foutais de New York. Qu'est-ce que je savais, à l'époque, de New York ? Ce que j'avais appris en regardant *Taxi Driver* ou *Seinfeld* ? Ce que je comprenais du tube de Frank Sinatra ? N'importe quelle destination me serait apparue aussi fantastique ou presque, en fait, parce que, si j'avais réussi à force de bus et de trains, avec mon sac à dos, à connaître une bonne partie du Chili, je n'avais jamais mis les pieds dans un avion.

Ce voyage était un cadeau, complètement inattendu par ailleurs, parce que nous avions passé quelques années à nous disputer pour tout – rien d'extraordinaire, entre nous deux, c'était la version classique des conflits père-fils, et je le savais, mais de le savoir, ça ne me consolait pas, je ne me résignais pas, parce que c'était lui qui gueulait toujours plus fort et qui ne me demandait jamais pardon. Après une dispute particulièrement violente, mon père avait trouvé cette manière de se disculper : il mettait à mon nom un billet acquis avec des miles accumulés, confiant, avec raison, en l'effet surprise, parce que lui-même avait décidé de la date et de cette destination, à l'entendre, si abstraite et si spectaculaire.

— Alors tu ne vas plus à New York, c'est de ta faute, tant pis pour toi, conclut mon père, incrédule. Tu vas me supplier à genoux. Tu vas regretter.

— Je ne vais pas regretter.

En formulant ma décision souveraine flambant neuve, je sentis le vertige et le prestige des phrases définitives, cruciales. Et alors je décidai de faire plus : partir, enfin, de chez moi.

— C'est fait, billet annulé, me dit mon père deux heures plus tard : il venait d'appeler la compagnie aérienne pour résilier mon voyage.

— Parfait, dis-je.

— Dis donc, c'est à quelle heure que je t'apprends à conduire ?

— À aucune, jamais.

— Mais on était d'accord pour que tu apprennes.

— Mais on est fâchés l'un contre l'autre.

— Tu sais très bien que ça n'a aucun rapport avec le reste.

— Si, si, il y a un rapport.

*

Je passai le week-end enfermé dans ma chambre à feuilleter les vingt ou trente livres de ma table de chevet. Le lundi et le mardi, je me consacrai à la recherche d'un endroit où habiter. J'avais quelques économies d'un boulot d'assistant à la fac et d'un autre job de vacances, mais tout ce que je trouvais était au-dessus de mes moyens. J'étais désespéré, car mon unique plan B était de rester chez moi en ravalant ma colère. À la fin, presque miraculeusement, je trouvai une chambre pas chère dans un appartement en face du Stade national, tout près de l'université.

Le déménagement aurait lieu le jeudi, il me restait un jour entier, un dernier jour, dont je profitai pour inspecter chaque coin de la maison comme on accumule du matériau pour ses souvenirs, plus tard. Puis je marchai dans mon quartier en essayant de me transformer en une caricature de l'arriviste : j'essayais de regarder de haut les passages dans lesquels j'avais grandi, comme si j'inventais un détachement, un mépris et une rancœur qu'en réalité je ne ressentais pas. Je me donnais du courage en imaginant d'éternelles conversations intéressantes avec de nouveaux amis – à l'époque je ne reniais pas encore le mot *intéressant* –, accoudé à une table de Las Lanzas et ou de Los Cisnes. Et même les inhospitalières pelouses de la faculté devenaient pour moi, soudain, une version acceptable du *lieu amène*.

Je parlai avec ma mère et avec ma sœur, je leur demandai de garder le secret. Elles réagirent avec un mélange de crainte et de solidarité qui m'apparut, je ne sais pourquoi, déconcertant. Je restai seul dans la salle à manger et j'allumai la télé. Nous n'avions pas besoin de nous mettre d'accord, il était clair que mon père arriverait à la maison juste avant que commence le match du Colo-Colo. Et il en fut ainsi. Nous ne nous adressions pas la parole depuis quelques jours, mais nous regardâmes le match ensemble et même échangeâmes quelques rares phrases comme *Il aurait dû lui filer un carton rouge* ou *Il n'était pas hors jeu*, ce genre de phrases. Je ne me souviens même pas du résultat. J'ai tendance à penser qu'aucun but ne fut marqué, ou alors, s'il y en eut, c'est mon père et moi qui firent match nul.

Mon père me dit bonne nuit en haussant les sourcils. Je n'allai pas me coucher. J'écrivis, cette nuit-là, ma lettre au père. À l'époque, je n'avais pas lu la *Lettre au père*, de Kafka, je crois que je ne connaissais même pas son existence. Je l'écrivis sur l'ordinateur de la maison, je ne voulais pas que l'écriture à la main déforme le message – je choisis une police Century Gothic et un corps très fort, peut-être du 18 ou du 20, pour le cas où mon père lirait ma lettre sans ses lentilles de contact. Il ne les ôtait que pour dormir, mais, pour une raison quelconque, je l'imaginais approchant le papier de ses yeux pour ainsi dire nus, vrais.

Le lendemain matin, ils étaient tous partis, j'imprimai le fichier : douze pages. La lettre n'était pas agressive. Elle était mélodramatique et tendre, alors que je m'étais promis d'éviter la tendresse. Peut-être bien qu'elle parlait de moi comme si j'étais l'adulte et que mon départ de la maison avait été la seule solution pour ne pas haïr mon père et pour ne pas me haïr moi-même. Je la mis dans une enveloppe, j'effaçai le fichier du disque dur et je commençai à empaqueter mes livres dans un sac-poubelle. Je me surpris à les compter : quatre-vingt-douze. Mon copain Leo Pinos arriva, il s'était procuré une camionnette, alors qu'il aurait suffi d'une petite bagnole pour transporter ces quatre-vingt-douze livres et ces quelques vêtements.

*

— Tout ce que j'ai à te dire est dans cette lettre, dis-je à mon père, avec quelque chose qui ressemblait à de l'orgueil littéraire, le vendredi suivant, quand nous nous revîmes.

— Je ne l'ai pas lue.

— Sérieux ?

— Je la lirai quand j'aurai envie de pleurer. Mais je n'ai jamais envie de pleurer.

La seule chose que je voulais savoir, c'était ce qu'il avait pensé ou ressenti quand il avait lu la lettre, qu'il refuse de la lire ne m'était même pas passé par la tête. Nous étions à son travail, dans une minuscule salle de réunion, comme si nous projetions le plan stratégique d'une petite entreprise ou une chose de ce genre. Nous ne savions pas exactement de quoi nous devions parler. Ou peut-être que si, mais il y avait trop de choses. Mon père fila un discours très général, comme emprunté d'un manuel sur les pères et les fils. Je me concentrai sur l'autorité de sa voix sévère, mais consciemment adoucie. Je fixai mon attention, comme souvent, sur le persistant écoulement de ses yeux, surtout de l'œil gauche : c'était comme un fleuve avec d'infinitésimaux affluents qui pour moi signifiait, d'une certaine façon, une souffrance dont j'ignorais d'où elle venait et où elle nous conduirait. Une souffrance qui appartenait à mon père et aussi à moi. La souffrance de regarder ses yeux et de savoir que je ne le connaissais pas, que j'avais toujours vécu avec quelqu'un que je ne connaissais pas et que je n'arriverais jamais à connaître.

— Nous sommes d'accord ? me demanda-t-il.

Je ne l'avais pas écouté, ou j'avais seulement écouté la musique présumée de sa voix.

— Je n'écoutais pas, lui dis-je.

— Quoi ?

— J'étais distrait.

Il lâcha quelques poignées de mots supplémentaires, il feignait très mal un reste de patience. Je me mis à crier, je ne sais pas ce que j'ai dit, mais il me regardait, raide, impassible, comme un homme politique au milieu d'un débat, ou peut-être comme un mort.

— N'exagérons pas, m'interrompit-il soudain. Tu exagères, tu exagères toujours. Tu es parti de la maison, c'est fait. Il y a des pays où les enfants partent bien avant. Aux États-Unis, tu passerais déjà pour un retardé. Et moi je suis heureux, parce que j'ai une chambre en plus, où je vais mettre une grande télé pour m'installer et regarder des films jusqu'à cinq heures du matin.

*

Je suis arrivé au cours de Schuster encore une fois en retard. Je ne voulais pas y aller, mais j'avais l'espoir de t'y retrouver. Tu n'y étais pas. Il n'y avait presque personne, c'était l'assistant qui faisait cours – un cours qui était différent, bourré d'idées que j'ai trouvées étranges et neuves. Nous avons lu des fragments de *La Maison de carton*, de Martín Adán, et un poème de Luis Omar Cáceres dont les premiers vers se sont cloués dans ma mémoire, comme si je les avais toujours connus : « Maintenant que la route est morte, / et que notre automobile reflet lèche son fantôme, / avec sa langue abasourdie. »

Peut-être ai-je marché sur plusieurs blocs au rythme de ce poème, en direction de la Plaza Ñuñoa. Je voulais parler avec Miguel, même si, en arrivant au Jouet enragé, j'ai compris que je voulais surtout parler avec toi. J'ai demandé à Miguel si tu étais venue à la librairie, il m'a dit que non.

— Tu seras bien, me dit-il ensuite, après avoir écouté mes nouvelles.

Il m'a demandé des détails, beaucoup de détails. Si j'avais besoin de quelque chose, de fric, de n'importe quoi.

— C'est de travail que j'ai surtout besoin, lui ai-je dit.

— Mais je ne peux pas te donner du travail. Je n'ai déjà presque plus de travail. Nous allons fermer, c'est inévitable.

— Quand ?

— Dans deux mois, à tout casser. Nous essayons de tenir encore un peu, jusqu'à Noël, mais ça n'ira pas plus loin.

— C'est con, quelle merde.

— Et on ne peut pas t'engager.

— Je comprends, évidemment.

Mon rêve de travailler au Jouet enragé arrangeait tout comme par magie, mais, à ce moment-là, je n'ai pas pensé à l'imminent manque d'argent, ce qui m'attristait plutôt, c'était la vision à venir de ce lieu vide, dans lequel, à l'évidence, il y aurait bientôt un café ou un stupide salon de coiffure. J'ai trouvé sur les rayonnages *Defensa del ídolo* (Défense de l'idole), le seul livre qu'avait publié Luis Omar Cáceres, et j'ai lu deux ou trois fois chaque poème. De temps en temps, Miguel prononçait une phrase et je lui répondais, et c'était comme un dialogue aimable et fortuit entre deux inconnus assis côte à côte, par hasard, dans la salle d'attente d'un médecin ou lors d'une veillée funèbre. Mais au moment où je partais, il m'a tendu un papier sur lequel il avait noté les téléphones de dix personnes qui pouvaient me donner différents boulots.

— Je vais me laisser pousser les cheveux pour me solidariser avec toi, me dit-il quand nous nous sommes dit au revoir en nous embrassant.

*

J'achetai des *dobladitas* et quatre lamelles de chanco et je marchai avec mes petits pains et mon fromage jusqu'à ma nouvelle demeure en pensant avec une nostalgie anticipée au Jouet enragé, mais surgissait aussi dans ma tête une version de moi-même qui déambulait sur une avenue new-yorkaise inconnue avec mes cheveux courts et une tête d'abruti ou d'illuminé. Je me voyais en arbre jeune ; un arbre jeune et fraîchement taillé qui voudrait s'allonger pour atteindre les rayons du soleil et recommencer à grandir. Je pensais à tout ça quand je remarquai ta présence, tu marchais, tu me talonnais presque, avec ta petite chienne.

— Ça fait plusieurs blocs qu'on te suit. Te poursuit.

Je ne t'ai pas crue, mais, plus tard, j'ai eu la sensation que c'était vrai, ça faisait un bout de temps que tu étais près.

— En quel honneur ?

— Je voulais te présenter Flush.

Flush était une petite bâtarde noire, avec des yeux très humides, on aurait dit un peu une saucisse, qui avançait pompeusement, assez absente du monde ; j'ai cru qu'elle boitait, mais plus tard je me suis dit qu'elle décorait plutôt sa démarche de petits sauts coquets. Tu m'as parlé de *Flush*, le livre de Virginia Woolf qui expliquait le nom de ta petite chienne, et tu m'as offert *Les Souterrains*, le roman de Jack Kerouac, que je ne connaissais pas à l'époque et que j'ai lu plus tard et que, tous les deux ou trois ans, je relis, désireux de recevoir, de nouveau, la chaude secousse de cette fin, l'une des meilleures que j'aie jamais lues.

Nous sommes arrivés à mon immeuble, nous nous sommes assis au milieu de l'escalier. J'ai mis le fromage dans les petits pains, la chienne aussi en a mangé. En à peine une semaine, tout avait radicalement changé et j'essayais de te l'expliquer, même si, pour ça, il fallait que je te raconte ma vie entière, qui ne regorgeait pas d'événements, mais peut-être qu'à ce moment-là je le croyais. Et je t'ai raconté tout ou presque tout. J'ai parlé pendant peut-être deux heures. Le jour tombait quand je suis resté sans mots et attendant les tiens, qui n'arrivaient pas.

— Entrons, il fait un peu froid, a été la seule chose que tu as dite.

La propriétaire de l'appartement était avec des touristes, des Canadiens, je crois, qui allaient louer les autres chambres ; elle et sa fille dormiraient dans le salon, dans des sacs de couchage. Elle nous a proposé un verre de vin, mais nous avons préféré aller dans ma chambre. Tu t'es allongée sur le matelas tout naturellement, comme si tu étais chez toi, Flush s'est mise à tes pieds et a mordu sa laisse pour que tu la lui enlèves. J'ai essayé de ranger un peu, je n'avais pas eu le temps de me procurer une étagère pour mettre mes livres, qui étaient encore dans les sacs-poubelles, de même que mes vêtements.

La lumière d'un phare lointain parvenait à se faufiler par la fenêtre. Je t'ai regardée parler, tu bougeais à peine les lèvres. Tu as parlé de ta mère morte et des films qu'elle et ton père regardaient et que maintenant tu regardais avec lui – « Gabriela adorait cette partie », disait ton père, tout à coup, avec un enthousiasme qui te faisait un effet à la fois émouvant et douloureux. Et ensuite tu as parlé d'insomnie et des médicaments que tu prenais pour l'insomnie, et d'un roman sur l'insomnie que tu voulais écrire. Et d'une amie qui s'était noyée des années plus tôt, à Pelluhue. Et de quatre ou cinq personnes que tu détestais, des camarades de classe, je crois, et d'un ancien petit ami. Je me rappelle avoir pensé que ces personnes ne méritaient pas ta haine ni celle de personne, mais je ne te l'ai pas dit. Je me rappelle aussi avoir ressenti le bonheur subit et insolite que tu ne me haïssais pas. À un moment donné, de manière inattendue, tu t'es mise à pleurer et j'ai essayé de te consoler.

— C'est ton père qui me rend dingue, as-tu dit.

— Tu pleures pour ça, à cause de mon père ? t'ai-je demandé, surpris.

— Je ne sais pas, je ne pleure pas à cause de quelque chose, je ne suis pas triste, m'as-tu dit. Je ne pleure jamais à cause de quelque chose. J'ai l'habitude de pleurer. Je suis pour les larmes.

— Moi aussi, ai-je dit en souriant.

— Je ne sais pas pourquoi je pleure. Parfois je pense que je pose, tout le temps. Je ne suis pas comme ça.

— J'aime ta façon d'être. Même si je ne sais pas quelle est ta façon d'être. Moi aussi, je pose, tout le temps. Avec toi et avec tout le monde.

— Oui.

Un silence long, important, délicieux s'est installé. Comme un enfant qui repasse dans sa mémoire la liste des courses, je me suis récité les détails de notre conversation, je ne voulais rien oublier.

— Tu crois que ton père va lire ta lettre ? m'as-tu demandé alors.

Je venais de te parler de cette lettre, et pourtant j'ai senti que cette partie de la conversation était restée définitivement loin derrière moi. Tout à coup, je n'avais plus envie de recommencer à imaginer la situation ; il me semblait aussi que ce dialogue avec mon père avait eu lieu il y a très longtemps. J'ai essayé de te répondre avec honnêteté. J'avais tendance à penser que mon père avait bien lu la lettre, mais qu'il avait préféré me dire que non, qu'il ne l'avait pas lue.

— Oui, il l'a lue, j'en suis sûre, as-tu dit.

Flush ronflait avec ardeur, tu es allée aux toilettes et, à ton retour, tu t'es allongée de nouveau sur le matelas, mais dix secondes plus tard, comme si tu t'étais souvenue de quelque chose d'urgent, tu t'es levée, tu as allumé la lumière, tu as commencé à sortir les livres des sacs un par un et, presque sans les regarder, tu les as empilés, comme pour construire des tours.

— Ça, c'est ton New York, m'as-tu dit. Regarde, ce sont les immeubles de Manhattan, les gratte-ciel.

Nous avons fabriqué avec les livres de chancelantes répliques de l'Empire State Building, de l'immeuble Chrysler, des Tours jumelles qui, à l'époque, étaient debout. Nous ne nous embrassions pas encore, nous ne couchions pas encore ensemble, nous ne savions, avec précision, rien de notre avenir. Peut-être avais-je l'intuition ou une illusion que nous passerions un long temps ensemble, plusieurs années, toute la vie. Mais je ne soupçonnais pas que ces années seraient amusantes, intenses et amères, et qu'ensuite viendrait un temps beaucoup plus long, peut-être indéfiniment long, sans savoir rien l'un de l'autre, jusqu'à ce que vienne le moment où il semblerait possible, concevable, par exemple, de raconter une histoire, n'importe quelle histoire, cette histoire, en t'effaçant. Pour l'heure tu étais ineffaçable, en une fois et pour toujours. Et aucune pensée sur l'avenir n'importait trop cette nuit-là, que nous avons passée en imitant avec les livres pour briques ces édifices imposants, lointains, froids, absurdes, beaux.

Introduction à la tristesse footballistique

I

C'était la seule forme de tristesse masculine qui nous était perceptible. Nous vivions dans un monde de merde, mais la seule chose qui paraissait affecter les hommes était un mauvais résultat lors du match du dimanche. De la même manière que les deux ou trois heures postérieures à une victoire étaient propices pour demander une autorisation ou de l'argent, quand nos pères succombaient à la tristesse footballistique nous savions tous qu'il valait mieux les laisser lutter seuls avec la défaite. Mutiques et convalescents, les hommes, ces soirs-là, devenaient encore plus lointains, parce qu'ils faisaient des choses inhabituelles, comme se mettre à la fenêtre et regarder avec une sévère impuissance la rue vide ou fredonner « J'ai oublié de vivre » tout en astiquant leurs chaussures frénétiquement, interminablement. Mais de les juger maintenant, ça n'a rien de drôle. C'est trop facile. En plus ce romantisme a survécu en nous. C'est un fait, nous continuons à expérimenter la tristesse footballistique ; elle a changé de forme, mais elle est toujours vivante, peut-être plus vivante que jamais.

II

Il fut un temps déjà lointain où je ne m'intéressais pas avec autant de passion au football, même si j'aimais bien aller au stade. Je portais avec orgueil mon petit drapeau et ma casquette du Colo-Colo, et je me régalais de regarder l'énergique échauffement des suppléants, ou les timides petits pas de danse des arbitres, ou encore l'audacieuse chevelure au vent de Severino Vasconcelos. Ou bien les pirouettes héroïques des vendeurs de café, qui circulaient avec adresse parmi la foule avec leurs énormes thermos pendus à leur cou. Ce qui pouvait arriver avec le ballon, cependant, me laissait assez froid. J'avais du mal à trouver des points communs entre les matchs intenses et désordonnés que nous jouions dans notre passage et le monotone sport auquel nous assistions au stade, surtout à cause de l'absence quasi absolue de buts marqués.

Pour voir les matchs dans une paix relative, nos pères n'avaient d'autre solution que de nous écœurer avec des glaces, des Coca-Cola et des cacahuètes caramélisées. Nous traîner au stade était une erreur, une mauvaise idée, mais aussi un pari, un investissement à court ou à moyen terme, car nos pères savaient qu'à un moment ou à un autre nous nous détournerions de nos distractions, finalement séquestrés par la lenteur footballistique chérie.

Dans mon cas, ce fut rapide : à sept ans j'étais déjà, dans toute sa splendeur, un fanatique invétéré. Un fanatique du Colo-Colo, comme mon père. Il aurait été formidable que je préfère l'équipe ennemie ou une autre équipe quelconque. Je ne vois pas à l'heure qu'il est une manière plus économique de tuer le père, beaucoup plus efficace que la rébellion grunge, galvaudée, ou le braillement politique, déchirant, qui suivirent. Je connaissais des histoires de garçons dissidents : de manière mystérieuse, avançant des raisons peu sérieuses, banales – le maillot de l'Université catholique, trop génial –, ils réussissaient à dévier le récit, et il ne restait plus d'autre remède à ces pères trompés et perplexes que de cohabiter au quotidien avec l'ennemi.

Pour être clair, il n'est pas certain que nous ayons choisi notre équipe de football. Pour beaucoup d'entre nous, cet aspect de l'héritage paternel fut le seul qui n'ait pas été remis en cause. Et même quand nous étions en guerre ouverte contre nos pères, la possibilité de sublimer les problèmes et de regarder un match ensemble nous fournissait une certaine dose raisonnable d'espoir familial, une trêve momentanée qui nous permettait au moins de soutenir l'illusion d'appartenance.

III

Mes rapports avec le football ne sont pas littéraires, mais mon lien avec la littérature a bien, d'une certaine manière, une origine footballistique. Mes plus grandes influences en tant qu'écrivain n'ont pas été le gigantesque roman de Marcel Proust, ni les impérissables poèmes de César Vallejo, d'Emily Dickinson ou d'Enrique Lihn, mais bien les retransmissions à la radio de Vladimiro Mimica, le speaker de Radio Minería. Aucune lecture n'a été pour moi aussi décisive que l'élégante prose parlée du fameux chanteur de buts. J'enregistrais même les matchs et je m'allongeais sur mon lit pour les écouter, afin d'en jouir dans un esprit purement musical. Grâce à son aimable entremise, même les matchs les plus ennuyeux ou anodins semblaient de mémorables batailles épiques.

La voix de Vladimiro était synonyme de joie footballistique, mais aussi, plus d'une fois, je réécoutais ses récits de cruelles défaites, immergé dans la pensée magique que l'enregistrement ne rendrait pas la réalité, qu'il en créerait plutôt une nouvelle, pas trop différente, non plus resplendissante, un monde peut-être tout aussi atroce, mais dans lequel, au moins, mon équipe maintenant, oui, gagnerait. On voit que je souffrais déjà à l'époque de tristesse footballistique chronique.

Pendant que chez moi et bien sûr à l'école les gros mots étaient défendus, au stade j'avais toute licence pour m'exprimer à jets continus. Il y eut un temps où je passais tout le match à insulter les opposants et le trio que formaient les arbitres. Mais les gros mots perdent de leur charme quand ils sont officiellement permis. Comme nous allions le plus souvent aux programmes doubles du stade Santa Laura, je préférais me consacrer à commenter à tue-tête le match préliminaire – en semaine, assis au dernier rang, j'étudiais l'album d'images du football chilien en essayant de mémoriser les formations de toutes les équipes et, en général, je ne commettais pas d'erreurs, de sorte que, sauf pour quelque protestation isolée, ma performance ne semblait déranger personne. Mon travail dans cette radio inexistante s'achevait, cependant, quand le Colo-Colo sortait sur le terrain pour disputer un match important. Alors je me transformais en supporter comme les autres, inquiet et irascible, qui regardait la rencontre les dents serrées, en état de tension absolue.

IV

Les spécialistes s'accordent sur le fait que le degré de tristesse footballistique est inversement proportionnel aux expectatives. Peut-être peut-on y voir une évidence. Certes, c'est évident, et ce postulat n'est sûrement pas l'apanage du football, mais il n'est pas inutile d'en rajouter un peu.

Dans le cas de ceux qui, comme moi, sont des supporters de ce qu'on appelle les grandes équipes, les expectatives sont toujours trop hautes : nous exigeons que notre équipe gagne, se fasse plaisir et marque des buts toutes les semaines, de sorte que même une victoire de peu après un mauvais match a le pouvoir de faire naître chez nous une dose de tristesse footballistique. Ce triomphalisme est désagréable : nous sommes comme ces pères qui, au lieu de féliciter et de gâter leurs fils parce qu'ils ont eu une bonne note, leur disent uniquement qu'ils n'ont fait que leur devoir. La situation de supporter, de fanatique, devient asphyxiante, et c'est pourquoi nous nous régalons tellement devant les matchs où nous n'arrivons même pas à identifier vaguement un seul des joueurs des deux équipes en jeu. Nous nous sentons presque bouddhistes devant la télé, enfin capables de nous reposer de nous-mêmes et d'apprécier réellement le jeu.

Je soupçonne que tous les supporters des grandes équipes à un moment de leur vie songent à la possibilité de changer d'équipe. C'était une tentation raisonnable, rédemptrice, de nous épargner cette pesante obligation de tout gagner, pour savourer, en échange, les victoires partielles, discutables, d'une petite équipe : nous maintenir en première division, rafler quelques petits points aux grandes, perdre avec dignité après avoir tout donné sur le terrain, ou perdre sans appel, de manière humiliante, mais non sans avoir envoyé un cocktail de sanguinaires croche-pieds aux stars mieux payées de l'équipe adverse. Certains exécuteront ce passage méprisable, presque toujours inavouable. À partir d'un certain âge, très précoce dans mon cas, le changement d'équipe est simplement impossible.

V

Il n'était pas nécessaire de changer pour une petite équipe, en réalité : la Sélection chilienne était notre petite équipe. Avant que Marcelo Bielsa et la « génération en or » nous donnent la mauvaise habitude de rêver à un avenir splendide de champions du monde, la Sélection avait été presque toujours l'équipe destinée à l'échec qui, de temps à autre, cependant, nous permettait de flirter, à une place honorable, avec la gloire : « L'équipe chilienne joue bien / Mais la malchance la poursuit », écrivait quelque part Nicanor Parra, et c'était presque toujours notre sentiment. De toute manière, quand le Chili jouait, notre pays failli et divisé paraissait momentanément réconcilié. Nous suspendions, en fait, nos différences ; nous jouissions du football de manière collective, même si jouir de la chose consistait à épurer une souffrance commune qui, pour ma génération, incluait le traumatisme de Roberto « Cóndor » Rojas et sa lamentable fraude sur le terrain du Maracaná, rapidement découverte et sanctionnée par la Fifa avec une suspension à vie pour Rojas, le Chili étant écarté des qualifications pour le Mondial suivant. Le concept de tristesse footballistique demeure faible pour résumer ce que nous avons ressenti pendant ces années-là.

Les pénuries de la petite équipe nationale furent compensées par le triomphe du club Colo-Colo dans la Copa Libertadores de 1991. Mais quand nous pensions à la petite équipe, la dépression revenait. Au milieu des années quatre-vingt-dix, nous nuancions notre ostracisme grâce aux victoires d'Iván Zamorano en Espagne. Il y avait là une perversion, soudain le football cessait d'être, pour nous, un sport collectif : le Chili entier se paralysait pour voir les matchs du Real Madrid et si Zamorano marquait un but, c'était le délire. Et quand il était remplacé – pour nous toujours injustement –, le sort du Real Madrid, on n'en avait rien à foutre, même si nous restions collés à la télévision pour maudire les avants qui essayaient de lui couper l'herbe sous le pied.

VI

J'interromps cet essai pour mettre au jour un épisode lamentable qui m'invalide en tant que supporter et peut-être en tant que personne : pendant presque deux ans, j'ai fait semblant de ne pas aimer le football.

Ma seule excuse, valable, mais minable, est la jeunesse. L'amour non plus ne peut servir de circonstance atténuante – tout commença en plein flirt amoureux, l'affaire marchait rondement, Anastasia et moi passions des heures en une errance sans but, laquelle, en réalité, était une simple tournée dilatoire, nous savions tous deux que la journée terminerait avec les tant attendus premiers baisers et tripotages, dans la demi-obscurité d'un square tranquille, enfin sans enfants qui mettaient leur nez partout et débarrassé de ces retraités qui recouraient à cette ruse lamentable – nourrir les pigeons – pour déployer à l'aise leur honteux voyeurisme.

— Toi, tu n'aimes pas le football, hein ?

C'est ce que me demanda Anastasia. Il y avait une espèce de prière implicite dans sa voix, ou c'est ce que je crus déceler.

— Bien sûr que non.

Je mentis par instinct, mais aussi par habitude. Anastasia, au contraire, ne mentait jamais. Elle était trop, peut-être inutilement honnête, j'en eus la certitude par la suite, mais je commençai à le savoir ce même soir, quand elle me parla de son copain précédent, un mec sensationnel, deux âmes jumelles qui connaissaient toutes deux par cœur les chansons de The Cure, même celles qu'ils n'aimaient pas, car en réalité ils les aimaient toutes. Et ils savaient par cœur aussi d'immenses passages de *Héros et Tombes*, le roman d'Ernesto Sábato, ils étaient même allés à Buenos Aires pour expérimenter, recréer, récupérer, *vivre* ce roman. Mais Anastasia n'avait jamais pu s'habituer à l'intérêt, à son avis démesuré, de son petit copain de l'époque pour le football. Au début, cette passion exagérée lui était apparue comme un défaut mineur, réversible, mais il ne lui fallut pas longtemps pour comprendre que le garçon était un cas désespéré : dès le milieu de la semaine, il disparaissait pour aller au stade, et quotidiennement il ne pouvait s'empêcher d'utiliser ces métaphores footballistiques qui lui étaient insupportables (« Maintenant, le ballon est de ton côté du terrain », disait-il par exemple, chaque fois qu'ils devaient prendre les décisions les plus triviales). La passion footballistique du petit copain ne fut pas la raison officielle ni principale qui mit fin à leur histoire, mais elle y avait sa part d'influence.

— Bof, moi, personnellement, j'ai toujours trouvé que le football, c'était très con, lui dis-je, avec un cynisme convaincant. Neuf couillons qui courent derrière un ballon, tu vois un peu !

— Ils ne sont pas onze ? Onze de chaque côté, ça fait vingt-deux.

— En fait, je ne sais rien de tout ça, poursuivis-je, inspiré, je suis très inculte en football, je n'ai jamais vu une représentation de football.

— Un match.

— Ah oui, un match.

Elle me regarda comme si je venais de dire une chose géniale. Aussitôt, elle se lança dans une longue et extraordinaire péroraison contre le football. Ses mots me faisaient mal, en partie parce que, embourbé dans le personnage que je venais de créer, je ne pouvais pas la contredire. J'en avais mal au cou, de tellement acquiescer de la tête. J'essayai de m'abstraire en regardant ses cheveux, qu'elle venait de teindre en une couleur intermédiaire entre le rouge et l'orange, ou ses dents presque irréelles à force d'être blanches et petites, par ailleurs très étranges, parce qu'elles étaient distribuées comme par groupes de deux, écartées de manière bien visible d'un groupe à l'autre, comme si elle se les avait ôtées et remises en place par pur ennui.

Anastasia parlait de machisme, de nationalisme, de barbarie, et ses arguments me paraissaient assertifs (en ce temps-là, je pensais, comme tant de PhD et de sénateurs de la République continuent à le croire, que l'adjectif *assertif* avait le même sens que *juste* ou *certain*). Sa position résumait ce que presque tous mes professeurs pensaient du football, en particulier depuis que la violence dans les stades s'était transformée en matière de débat national. Moi-même, après avoir été couvert de crachats par un membre actif des supporters de l'équipe rivale et étranglé par un supporter de ma propre équipe, j'avais cessé d'aller au stade.

Peut-être, à cette époque, battait aussi en moi une impulsion antifootballistique liée à mon arrivisme et à mon désir d'appartenir à cette communauté d'intellectuels sceptiques, critiques et baratineurs qui méprisaient le football. Il m'arrivait un peu ce qui m'était arrivé avec la musique pendant toute mon adolescence : comme les temps n'étaient pas propices à l'éclectisme aujourd'hui si prisé, j'avais été hippie, puis trash, new wave, punk et ensuite de nouveau hippie, avec les changements correspondants de tenues, d'amis et même d'habitudes.

VII

Nous étions parvenus vite, avec Anastasia, à nous perdre dans le bois en commentant *La Double Vie de Véronique* et la trilogie des trois couleurs de Krzysztof Kieślowski, et nous avions construit, avec la rapidité urgente de l'amour intense, une bande sonore qui considérait aussi quelques-unes – pas toutes – des chansons de The Cure et un horizon abondant de coïncidences littéraires qui excluait seulement, pour des raisons évidentes, *Héros et Tombes* (je crois que j'avais réussi à la convaincre que *L'Ange des ténèbres* était meilleur que *Héros et Tombes*, pourtant je n'ai jamais été persuadé qu'il l'était, en réalité, jusqu'à ce jour je ne saurais dire s'il y a un livre d'Ernesto Sábato que j'aime, sauf *Le Tunnel*, qui est le moins bon, mais qui, à la hauteur de nos douze ans, nous a rendus tous fous, et qui possède, par conséquent, le statut inattaquable de classique intime).

Je ne veux pas caricaturer mon histoire avec Anastasia. Enfin, pas beaucoup, car il est parfois inévitable de caricaturer, c'est même conseillé, c'est ce qui nous permet de pardonner à ces autres personnes que nous étions. Même si, à dire vrai, ceux qui devraient être pardonnés, c'est nous, les grands garçons insensibles de maintenant, capables de minimiser ce qui – nous le savons bien, mais nous faisons semblant de l'ignorer – a été énorme, et sérieux, et génial. Nous parlons du passé et nous rions de nous-mêmes comme si jamais, dans le futur, nous n'aurons des raisons de rire de ceux que nous sommes maintenant. Pardon, je ne veux pas non plus être chiant : j'allais dire qu'avec Anastasia, très rapidement, nous avions construit un rapport de camaraderie absolue et de vertigineuse confiance, lesquelles, cependant, ne m'ont jamais conduit à avouer mon histoire d'amour parallèle avec le football.

VIII

Quand, enfin, la Sélection chilienne revint dans le concert des nations pour disputer les classifications au Mondial de 1998 en France (qu'à l'époque, peut-être pour activer en nous un raisonnable pessimisme, nous appelions *éliminatoires*), Anastasia et moi vivions pratiquement ensemble, aussi dus-je inventer mille et un prétextes pour aller voir les matchs, planqué au fond d'un bar ou enfoncé dans un fauteuil glacé de la maison de mes parents. Mais parfois, tout simplement, je ne parvenais pas à m'échapper et j'avais un mal fou à lutter contre l'amertume d'avoir à me balader dans le parc Intercommunal à moitié vide ou de regarder un inépuisable film de Fellini à l'heure exacte où tout le Chili soutenait la Roja.

Mon pire souvenir, dans ce sens-là, je peux le situer avec précision l'après-midi du 16 novembre 1997 : soixante-dix mille âmes ferventes remplissaient le Stade national dans le rêve de cette probable classification du

Chili au Mondial de France pendant qu'Anastasia et moi, à quelques rues de là, protégés par la demi-obscurité des persiennes fermées, essayions de baiser.

— Qu'est-ce qu'il se passe dehors ? demandai-je *in medias res*, pendant que le pays entier éclatait de joie en célébrant le un à zéro.

— Il paraît qu'il y a un match, me dit Anastasia. Du Chili, de la Sélection, de la Roja.

— Il doit y avoir un but de Julián Zamorano, dis-je.

— Iván Zamorano, me corrigea Anastasia.

— Ouais, çui-là, Iván Zamorano.

Ma ruse était double, car je savais parfaitement que Zamorano était blessé. Pendant que les joueurs chiliens jouaient leur vie sur le terrain, nous écoutions *OK Computer* sur mon baladeur. Parfois, quand je réécoute ce disque, je suis surpris en essayant inutilement de me rappeler ou plutôt de deviner quelle chanson de Radiohead retentissait dans ma chambre quand le Chamuca Barrera se lança dans sa géniale course miraculeuse qui culmina avec une netteté exquise, ou quand, quelques minutes plus tard, le Matador Salas, avec son habituelle efficacité, commença à dégager le chemin de la victoire, ou quand, vers la fin du match, la tête gagnante du Candonga Carreño finit d'assurer notre présence dans une Coupe du monde au bout de seize ans.

IX

Un concept footballistique novateur récemment introduit par mon fils est celui d'*autofoul*, qu'il inventa spontanément un après-midi où, en essayant de taper dans la balle, il tomba tout seul. C'est ce que fut exactement mon histoire avec Anastasia : le lamentable et prolongé résultat d'un absurde *autofoul.*

Je finis de raconter cette histoire en vitesse. Un matin, pendant que j'étais sous la douche, Anastasia examina mes vêtements et trouva mon maillot du Colo-Colo. J'aurais dû me fâcher et lui demander pourquoi elle fouillait dans mes affaires, mais je me sentis percé à jour. Je lui expliquai que mon père me l'avait offert pour un anniversaire et que, malgré les mauvais rapports que j'avais avec lui, ce maillot avait une valeur sentimentale. Elle se rappela un chemisier de l'Université catholique, dite « la U », que lui avait offert son ex et nous prîmes le parti d'en rire. J'aurais dû déceler dans cet incident un avertissement ou un présage de ce qui allait se passer.

— Tu sais bien pourquoi, me dit Anastasia quelques semaines après, quand elle en eut fini avec moi.

J'ai remarqué qu'actuellement, au lieu de dire « c'est fini pour moi », les jeunes disent « je suis fini pour elle », ou « pour lui », et j'adore cette nouvelle formule, parce que c'est ce que j'ai senti alors : qu'elle me finissait, me liquidait, m'annihilait. Qu'elle m'ôtait mes piles, qu'elle me débranchait et me coupait mon fil et me gardait en boîte dans le grenier pour toujours. Je sus plus tard, grâce à l'indiscrétion d'amis communs, que de mes absences et de mes prétextes perpétuels elle avait tiré la conclusion que j'avais une maîtresse ou plusieurs. Je ne lui avais jamais été infidèle, mais je n'avais pas eu le courage de m'expliquer, parce que, de fait, j'avais une double vie. Je le vécus très mal, surtout quand j'appris, de nouveau grâce à ces amis perfides, qu'à peine deux semaines plus tard elle avait un nouveau copain. J'insistai pendant des mois pour qu'elle accepte de mettre les choses au clair. J'eus un mal fou à obtenir d'elle qu'elle accepte de me voir.

— Mon copain est en haut, dans ma chambre, me dit-elle le matin de notre re-rencontre, pour m'humilier, je suppose.

— Moi, je veux simplement que tu connaisses la vérité, lui dis-je. – Et peut-être allai-je jusqu'à entendre un roulement de tambours avant de lâcher les phrases suivantes, qui doivent avoir été parfaitement ridicules. – Il se trouve que j'aime le football. J'aime beaucoup le football. Je l'ai toujours aimé. Parfois, je rêve même que je mets des buts dans des stades pleins à craquer. Des buts extraordinaires. Acrobatiques. Mémorables. C'est ça, l'entière vérité.

Elle me regarda, stupéfaite, le mépris congelé sur son visage. Je continuai à parler de mon amour du football et l'assurai que, toutes ces fameuses fois où elle avait cru que je la trompais, j'étais en train de regarder un match avec mes potes ou avec mon père.

— Avec ton père ? Tu ne m'as pas dit que tu ne lui parlais plus depuis des années ?

— C'est ce que je t'ai dit, pour t'amuser. On ne se parle pas beaucoup, c'est exact. On regarde les matchs, on les commente et rideau.

— C'est l'excuse la plus inconsistante que tu aies trouvé le moyen d'inventer. Tu n'es pas censé être écrivain ?

— Ben euh…

C'est alors que le copain fit son apparition dans le salon pour sonner la fin de la visite. Je le revis très souvent, presque chaque semaine je le rencontrais devant le petit stand de tomates pourries et de salades flétries où nous achetions, tous les deux, de la marijuana. Je le saluais, bien entendu, moi, je salue toujours, et de son côté, pareil, il haussait les sourcils avec une joyeuse répugnance. J'ai su après qu'il était supporter de la U, mais mettait chaque jour un maillot d'une équipe de football différente : Real Madrid, AC Milan, Manchester United, Inter de Porto Alegre, Club Atlético San Lorenzo de Almagro. C'était un de ces supporters globaux qui avaient émergé à cette époque et qu'il n'est pas rare aujourd'hui de rencontrer dans les bars à vin, les rassemblements de cyclistes, les festivals de musique et les boutiques de vinyles. Je dois reconnaître qu'avec tous ses maillots, il avait de la visibilité.

J'ai appris la leçon, ou peut-être que ma bêtise a changé de forme avec les années. J'ai eu ensuite la chance que le football cesse d'être, pour moi, une instance exclusivement associée au masculin. Je ne le méritais pas, mais le destin m'a fait cadeau de deux amies qui aimaient le football, inconditionnelles du Colo-Colo, grâce auxquelles j'ai compris que la passion footballistique n'est pas du tout le domaine privé des hommes. Avec elles, je suis retourné au stade, d'abord au cours des extraordinaires années du Colo-Colo de Claudio Borghi, quatre fois champion d'affilée, et par la suite lors de la glorieuse saison du Chili rempli d'orgueil de Bielsa et de ses garçons.

Après, j'ai commencé à voyager hors du Chili, et même si le football n'est jamais passé au second plan pour moi, il s'est transformé en une expérience purement télévisuelle et solitaire. J'ai aussi pris l'habitude de voir les matchs en pratiquant le vélo d'appartement, comme si je jouais sur une espèce de console Wii analogique. Il m'arrive de le faire encore : si le Pibe Solari doit accélérer pour gagner la ligne de fond, je pédale plus rapidement, et si c'est le moment où le Colo Gil ou Vicente Pizarro ont à administrer tranquillement le jeu, je ralentis.

X

De tous les programmes de télévision disponibles, le football est le seul qui ne soit pas dicté par les impératifs de l'information et du divertissement. Les reporters et les commentateurs peuvent passer les quatre-vingt-dix minutes d'un match à parler de sa mauvaise qualité et il ne leur vient même pas à l'idée qu'ils vont perdre de l'audience, car, de fait, cette éventualité n'existe pas. Les gens qui regardent le foot à la télé, dont moi, forment un public fidèle, captif, et ils resteront là où ils sont, hypnotisés ou bien, dans le pire des cas, bercés par l'absence d'action. Et même nos propres ronflements et le soupçon que, pendant les minutes où nous avons sommeillé, le match a continué, tout aussi emmerdant, ne nous portent pas à changer de chaîne ou à éteindre la télé.

Il y a une certaine beauté dans ces scènes d'ennui honnête, sobre. Mais les retransmissions télévisuelles sont toujours un peu redondantes. Alors que les commentateurs de radio sont des poètes qui avancent avec une admirable vitesse de métaphore en métaphore, ou d'habiles narrateurs classiques, aux styles reconnaissables, susceptibles même d'être des sujets d'étude, capables de vous *faire connaître l'inconnu* au moyen de deux coups de pinceau à peine, les reporters de la télévision de football sont condamnés à répéter ce que nous sommes en train de voir, ce que nous savons déjà. C'est un métier difficile, bien que peut-être soit plus difficile encore le métier des commentateurs d'après-match, avec qui nous sommes rarement d'accord. Sauf lorsqu'il s'agit de footballeurs à la retraite que nous avons aimés ou respectés dans le passé, les commentateurs reçoivent toujours notre invariable et peut-être démesuré et injuste mépris.

C'est ce qui m'arrivait, en particulier, avec le journaliste sportif Felipe Bianchi : j'étais toujours en désaccord avec ses commentaires, ce qui ne m'empêchait pas, quand j'étais d'accord avec lui, d'inventer une divergence pour n'être pas de son avis. Par la suite, une série de hasards fit que j'eus le plaisir de le connaître, de le connaître très bien : je trouvai un homme agréable, chaleureux, compassionnel, généreux, parfois d'une timidité inattendue. Très vite, nous devînmes amis, de sorte que, quand je tombais sur lui à la télé en train de commenter un match ou dirigeant des débats au journal télévisé, j'essayais de me réciter cette ribambelle de vertus, mais il n'y avait pas moyen : je ne pouvais pas me retenir de mettre les pieds dans le plat. Et encore, c'étaient les années de Bielsa et de Sampaoli, quand la Sélection gagnait tout le temps.

Je raconte tout ça pour arriver au moment où, après une nouvelle suite de hasards, nous vivions tous les deux en dehors du Chili et nous nous retrouvions pour regarder les matchs de l'équipe nationale dans la Copa América Centenario. Quoi de meilleur que de regarder le foot avec un grand ami, tous les deux très énervés. Nous prenions un verre accompagné de fromages, nous allumions la télé, ça roulait, mais de temps en temps Felipe sortait un commentaire évidemment pertinent et intelligent et je ne pouvais pas m'empêcher de le contredire, et parfois je lui disais simplement de se taire. Au risque d'être malpoli, j'avais beaucoup de mal à ne pas profiter de l'occasion de faire taire le commentateur de la télé, qui d'ailleurs n'était plus le commentateur de la télé, mais une âme pieuse qui arrivait chez moi avec des bières belges et de formidables cigares d'exception. En dépit de sa réputation de sauvage et de sa notoriété de polémiste bien acquise, Felipe, curieusement, acceptait mon acrimonie ou mon manque d'éducation, peut-être parce qu'il reconnaissait en moi le propos même qui l'avait conduit à devenir commentateur sportif : faire taire le commentateur sportif.

XI

Mon arrivée à Mexico coïncida plus ou moins avec celle du Mati Fernández au Necaxa, ce que je pris pour un signe éloquent d'amitié de Notre-Seigneur Jésus-Christ.

Pendant l'année et demie où le Mati joua dans ce club, je suivis son digne parcours avec la fidélité de toujours, et après son départ j'essayai vraiment de continuer à aimer le Necaxa, mais je dus reconnaître vite que je regardais les matchs avec beaucoup moins d'intérêt, ou alors l'intérêt moyen avec lequel je regarde n'importe quel match de n'importe quelle ligue de n'importe quel pays du monde.

La Ligue mexicaine est supérieure à la chilienne sous presque tous les aspects, mais à partir d'un certain âge – dans mon cas quarante-deux ans exactement –, il est impossible de se passionner pour un football différent du sien. Le football est plus idiosyncratique que nous ne le croyons. Si la télé passe un match des Pumas contre les Chivas de Guadalajara, je le regarde et me régale en mode zen, paisible, mais si, à la même heure, Ñublense contre Antofagasta jouent aussi, je n'hésite pas à mettre la Ligue chilienne. Peut-être la simple certitude que ce que je vois sur l'écran de mon ordinateur se passe en ce moment au Chili me réconforte. Ou je continue dans le fond de vouloir apprendre par cœur les formations de toutes les équipes du football chilien. Peut-être, un jour, devant l'éventuel intérêt de mon fils pour le football, réussirai-je à vibrer pour le football mexicain. Mais je ne sais pas si je veux que mon fils aime le football.

XII

Pendant les deux premières années de mon fils, j'ai raté un grand nombre de matchs de mon équipe, presque tous. La partie de moi qui voulait allumer la télévision et s'installer dans le fauteuil à bascule pour regarder le foot avec mon bébé perdait toujours aux tirs au but face à l'autre partie de moi, qui lui changeait ses couches, lui chantait une berceuse ou le promenait en poussette au Parque España. Il y a un peu plus d'un an, cependant, la très mauvaise saison qui mit le Colo-Colo dans les cordes me conduisit à négocier avec une large anticipation mes tours de garde parentaux pour me permettre de voir en direct comment mon équipe gardait sa dignité ou sombrait sans retour. Le Colo-Colo était en passe de cesser d'être une grande équipe et ses supporters souffraient comme ils n'avaient jamais souffert auparavant au cours de la glorieuse histoire du club.

Après un de ces matchs horribles, mon fils me regarda comme on regarde quelqu'un qui semble distrait ou absent.

— Je suis triste parce que le Colo a perdu et il risque de passer en deuxième, lui expliquai-je.

Cette phrase, pour lui à peu près incompréhensible, s'est gravée en lui et il a pris l'habitude de me dire sans arrêt, sur le même ton exagérément doux avec lequel je le console, de ne pas m'inquiéter, que tout ira bien, que très vite Colo-Colo gagnera de nouveau, avec des buts de John Lennon, et de Frida Kahlo, et de Batman et Robin des Bois. (Je n'ai pas voulu lui expliquer cette confusion ; peut-être que le monde serait moins injuste si, au lieu de l'inefficace Robin, le compagnon de Batman était Robin des Bois.)

Ainsi, de même que ma vocation littéraire est liée au football, l'hésitante éducation footballistique de mon fils a eu, d'une certaine façon, une origine littéraire. Un matin, j'ai eu l'idée de lui faire écouter « Poetas Vivos versus Poetas Muertos » (Poètes vivants *vs* Poètes morts), le match génial inventé par le poète Mauricio Redolés sur son disque *Bailables de Cueto Road* (Rythmes de Cueto Road), qui termine par un triomphe indiscutable des Poètes morts sur les Poètes vivants par huit à deux, avec une mémorable intervention du débutant Jorge Teillier. Grâce à Redolés, j'ai pu retrouver ma passion du commentaire radiophonique en racontant à mon fils des matchs tout aussi irréels : Animaux de la mer *versus* Animaux terrestres, Dinosaures *versus* Pas Dinosaures, Les Beatles *versus* Les Bunkers, Doigts de la main *versus* Arbres & Fleurs, Humitas (Chili) *versus* Tamales (Mexique), Mois de l'année *versus* Volcans du Chili, etc.

Jusqu'alors, mon fils considérait le ballon comme un jouet parmi les jouets, à la curieuse forme sphérique, mais jouet en fin de compte, en fait il insistait pour le ranger dans le panier des peluches, mais ces récits que je faisais avaient dégagé la voie. Commencèrent ainsi dans la cour des échanges très bizarres, car pour mon fils le véritable jeu consistait à dire et à me faire dire des mots comme *barre transversale*, *feinte*, *dribble*, *coup du foulard*, à conjuguer des verbes nouveaux comme *feinter*, *chiper*, *contourner*, et à utiliser des formules comme *à toi à moi pour toi pour moi* (une maxime de mon cher Vladimiro Mimica), ou *ballon dans le filet ballon dans le filet il a tué il a tué il a tué* (gracieuseté de l'infatigable gorge d'Ernesto Díaz Correa), ou *ne dis pas but, dis superbut* (la cerise sur le gâteau panhispanique, *superbut*, dans notre version, devient éternel, parce que de *superbut* on passe à *supersuperbut* et on dérive vers *supersuperbut au carré*, et ainsi de suite).

La seule fois où nous avons vu un match – particulièrement mauvais, la finale de l'Euro entre l'Italie et l'Angleterre –, mon fils démarra très enthousiaste, il sautait sur son lit et célébrait avec des rafales de son exubérance verbale récemment acquise tous les mouvements des joueurs, mais au bout de quelques minutes, il resta tranquille et me dit à l'oreille, avec le ton si beau du secret, comme il le fait quand il veut souligner qu'il parle sérieusement :

— Papa, la vérité c'est que je ne comprends pas beaucoup le football. Il se passe quoi ?

C'était un match ennuyeux, voilà tout, lui ai-je expliqué. Mais je n'ai pas voulu lui dire que la plupart des matchs de foot sont aussi ennuyeux que celui-là.

XIII

— Pourquoi tu l'as appelée Anastasia ? me demande mon épouse.

Je mets plusieurs secondes à comprendre qu'elle croit qu'Anastasia n'a pas existé, que je l'invente.

— Parce qu'elle s'appelait comme ça.

— Sérieux ? Comme la princesse russe ?

— Oui, lui dis-je.

— Je pensais que c'était une métaphore.

— De quoi ?

— De moi.

Elle dit qu'elle aime ma nouvelle. Je lui dis que c'est un essai. Elle dit qu'elle aime mon essai sur un ton qui met en évidence qu'elle croit que c'est une nouvelle et qu'elle ne l'aime pas tellement. Je lui demande ce qu'elle n'aime pas exactement. Elle me dit qu'elle aime tout, sauf l'histoire du football. Elle me dit qu'elle aime beaucoup quelques blagues et qu'il y en a qu'elle ne comprend pas du tout, mais elle comprend que ce sont des blagues. Elle me suggère d'inventer que je suis devenu fan absolu du football féminin. Je lui dis que je n'aurais pas à l'inventer, parce qu'en fait j'ai suivi le parcours entier de la Sélection chilienne féminine lors du Mondial de 2019 en France.

— Cite-moi le nom de cinq joueuses.

— Christiane Endler, Carla Guerrero, Javiera Toro, Francisca Lara, María José Rojas. En voilà cinq. Et six, Yessenia López. Et sept, Rosario Balmaceda…

Elle croit que j'invente ces noms. Je lui parle de l'angoisse de l'élimination, du penalty sur la barre transversale de Francisca Lara, un penalty qui aurait pu être le trois à zéro signifiant le passage en huitièmes de finale.

Nous montons en voiture. Mon épouse conduit, pensive ; je suis derrière, avec notre petit garçon. Ces derniers temps, très fréquemment, mon fils se met en colère quand il se sent en dehors de la conversation (« Arrêtez de bavarder ! » nous supplie-t-il), mais maintenant il nous écoute avec attention, comme s'il essayait de comprendre, d'un point de vue philosophique, notre débat. Peut-être qu'il ne nous écoute pas. En réalité, il regarde les arbres, peut-être est-ce là ce qu'il essaie de comprendre, de déchiffrer ou d'absorber : l'énigme colorée des jacarandas qui, sous le vent, remuent leurs branches comme s'ils saluaient ou comme s'ils demandaient pardon. Ou l'atmosphère de ce carrefour avec ses généreux acrobates et ses inabordables laveurs de carreaux où nous attendons patiemment tant que dure un très long feu rouge.

— Parle du football féminin, mais surtout parle de la violence, des intérêts économiques des grands groupes, de la compétitivité absurde des mecs, des machos. Tu peux placer tout ça en développant davantage les objections d'Estefanía.

— Anastasia, rectifiai-je.

— Mais Estefanía est un plus joli prénom.

— Mais elle s'appelait Anastasia.

— Si tu veux, mais rends-la plus consistante, ton Anastasia. Je ne crois pas beaucoup à ce personnage. Elle doit être plus sérieuse.

— Elle était comme ça. Et je la trouve déjà sérieuse.

— Rends-la encore plus sérieuse.

— Mais mon histoire n'est pas si sérieuse que ça.

— Ton essai.

Mon essai n'est pas sérieux. Ou si, pensai-je après : il est très sérieux. La tristesse est un sujet très sérieux.

Mis à part un oncle hipster et footeux, qui circule en ville dans un maillot du Barça, tous, dans la famille de mon épouse, se déclarent supporters des Pumas de l'UNAM. Mais il me semble que mon fils capte que ce sont des supporters de pacotille. Pour eux, le football n'est pas important et moins encore intéressant. Quant à mon épouse, un matin, dans la cour de son école, elle a reçu, petite, trois ballons consécutifs en pleine figure. Depuis, elle associe le football avec la possibilité d'encaisser des ballons et, par conséquent, elle se tient prudemment en marge de nos foots dans la rue.

— Et tu l'as terminé, ton essai ? me demande-t-elle ce même soir, tout en essayant de jouer une chanson de Belle and Sebastian sur la guitare rouge de notre fils.

— Il manque la fin, mais je ne l'écris pas tout de suite.

— Pourquoi ?

— Je l'écrirai dans une quinzaine de jours, quand nous saurons si nous allons ou non au Mondial du Qatar.

— J'espère que non, c'est une sale hécatombe là-bas, c'est un des pays les plus injustes du monde. Le Mexique y va ?

— Le Mexique y va toujours, lui dis-je. C'est facile pour lui, la classification de la Concacaf est…

— Mais le Chili nous a fait perdre sept à zéro !

— Oui, mais ça doit faire cinq ans. Maintenant, tout a changé, lui dis-je, affligé.

XIV

J'écris ces dernières lignes sur mon téléphone pendant que mon fils prend son cours de football. Ç'a été une idée de sa mère, elle dit qu'elle ne veut pas que le petit garçon passe sa vie avec une peur perpétuelle des ballons volants. Dans le cours d'aujourd'hui, il y a cinq petites filles et trois garçons, en comptant mon fils. Pour la première fois, on leur permet de jouer sans masque, alors je vois enfin leurs visages, leurs larges sourires, et puis tout à coup, de manière attendrissante, ils sont concentrés sur les instructions d'une professeure douce et énergisante, vêtue du maillot officiel des Pumas. Comme le cours suit un système d'assimilation graduelle, pour l'instant il ressemble à tout sauf à un cours de football : ils font la ronde, ils s'attrapent, sautent au centre et en dehors des hula-hoop, courent sans ordre aucun en faisant onduler des rubans. Il y a deux arcs, mais ils les utilisent seulement pour s'abriter d'une pluie imaginaire (quand c'est une vraie pluie, évidemment, le cours est suspendu). Le terrain est rempli de ballons légers et multicolores dans lesquels les enfants tapent avec bonheur, directement vers n'importe où.

Pendant que je les regarde courir et sauter, dégagés de toute idée de compétition, je pense au temps où je fréquentais l'école de football Cobresal, succursale de Maipú, où je me suis fait remarquer comme un des suppléants ayant les chances les plus minimes d'être titulaire. Je suppose que les professeurs essayaient de ne pas détruire nos rêves si tôt, mais il n'y avait pas moyen qu'ils me fassent entrer sur le terrain plus de deux ou trois minutes, et toujours à la fin de chaque match. C'est pourquoi jusqu'au jour d'aujourd'hui je m'identifie aux joueurs qui rentrent dans le jeu seulement pour faire de la figuration. Je rentrais chez moi désolé, ruminant en silence la défaite non pas de l'équipe, mais juste la mienne, et toujours j'inventais que ça marchait pour moi, que bientôt je serais titulaire.

Mais c'était là une autre forme de tristesse footballistique, bien entendu, la matière d'un autre essai ou d'une autre nouvelle. Quant à la tristesse footballistique de nos pères, si différente, mais parfois si pareille à la nôtre, à nous qui sommes aujourd'hui devenus des pères et, par conséquent, qui assistons à la re-création constante de notre enfance, quant à cette tristesse, dis-je, après avoir relu ces pages, je découvre et j'admets que j'ai été terriblement injuste. Ce que nos pères ressentaient en voyant gagner l'équipe qu'ils aimaient n'était pas exactement de la joie, mais bien une espèce de tristesse à peine atténuée. Je veux dire : nos pères étaient tristes, ô combien ! à chaque minute de chaque heure de chaque jour, et la victoire était à peine une trêve, un palliatif, une politesse, une petite tromperie ; un maigre indice qui leur permettait pour un instant de croire que tout ça, ce n'était pas si terrible. Et puis la tristesse footballistique les humanisait, démontrait qu'ils étaient faillibles et enfantins, comme nous alors, comme nous maintenant. Il me semble que c'est ce que pointe le docteur D. Zíper avec ce beau postulat : « Si le football est un problème, l'enfance est la solution. »

Ah, oui : ce soir, la Sélection chilienne a été encore une fois éliminée d'une Coupe du monde. Tout le monde l'a su, tout le monde le sait. Je ne vais pas en parler maintenant. Je ne veux pas en parler maintenant. Je ne veux plus jamais parler de football.

Malfrats aux yeux bleus

I

Une fois, j'ai défendu mon père. Physiquement. Un matin d'été. Un voleur allait lui flanquer des coups de pied alors qu'il était à terre.

— C'était en 1990 ou je me trompe ?

— Tu écris sur moi ? Encore une fois ? Jusqu'à quand ! me dit mon père.

Depuis quelques mois, mon père appelle mon fils tous les samedis et dimanches matin. Il s'est transformé, et c'est inattendu, en grand-père présent, de loin : il est au Chili, nous au Mexique, séparés par trop de kilomètres et presque deux ans de pandémie.

Silvestre attend ses appels. Il se réveille toujours entre six heures et six heures et demie, et vient en courant dans ma chambre, qui est en réalité sa chambre, car à un certain moment de la nuit il change de lit pour venir dans le nôtre, lequel pour lui est le lit de sa mère et le sien, et je m'en vais dans le sien, lequel est aussi, par conséquent, un peu le mien.

— C'est l'heure pour appeler mon grand-père, papa ?

Je bâille avec mon portable dans la main, je regarde les messages, presque toujours il y en a un de mon père qui dit : « Je suis prêt. » J'appartiens à la catégorie des pères qui tous les jours voudraient bien dormir une petite heure de plus. Mon père appartient et a toujours appartenu à la catégorie des pères lève-tôt. En plus, il est dans le futur, fuseaux horaires obligent : à trois heures dans le futur. C'est peut-être bien que les pères vivent à trois heures dans le futur.

J'ouvre les rideaux, je fais ce qu'il faut pour que la lumière matinale entre, mais il ne fait pas encore jour. Mon fils fait une pile avec ses livres et grimpe dessus pour atteindre l'interrupteur de la lampe tout en discutant d'une voix enthousiaste avec son grand-père. Ils aventurent des projets immédiats, péremptoires ; l'appel sera long et intense, c'est toujours pareil, ils parlent au moins une heure.

Du lundi au vendredi, nous essayons que Silvestre s'habille tout seul – autrement dit, nous accompagnons cette fiction qu'il s'habille tout seul –, mais les week-ends, comme si nous étions à quelques secondes près pour sortir au grand air, je l'habille rapidement moi-même, nous descendons aussitôt dans le salon et je pose en équilibre le téléphone contre le mur, en cherchant un angle de vue panoramique, comme pour les caméras de sécurité. Je fais le café et j'essaie de mettre en route le petit déjeuner en deux temps trois mouvements pendant qu'ils parlent, mais parfois le téléphone tombe ou mon fils sort du champ.

— Alejandro, s'il te plaît, je ne le vois plus, rouspète mon père aussitôt, on dirait un client qui a trouvé un cheveu dans sa soupe.

En réalité, dans son ton palpite son éternelle autorité, mais avec une nuance d'amabilité : j'imagine qu'il sait que je suis occupé à couper une papaye en tranches ou que je prépare les quesadillas. Je m'approche pour perfectionner la communication, je procède avec une rapide expertise, comme un *roadie* au milieu d'un concert. Parfois, je profite de la pause pour lui dire, pour lui raconter quelque chose.

— Je n'écris pas sur vous, papa, je lui mens.

— Pourquoi tu n'écris pas sur le petit, plutôt ? Il est beaucoup plus amusant que moi, me dit-il, avec raison.

— C'est parce que je pensais, vous savez, à la fois où on nous a agressés. C'était en 1990, non ?

— Oui.

Je ne tutoie pas mon père, je ne l'ai jamais fait. Ma sœur le fait. Pendant de nombreuses années, je n'ai pas été conscient de cette différence. Mais il y a une explication. Dans la famille de mon père, tout le monde se tutoyait, ma sœur a hérité de cette coutume, mais moi j'étais plutôt tourné vers la famille de ma mère, dans laquelle prédominait le *vous*. Parfois, dire vous à son père ou à sa mère me semble plus chaleureux. Mais ce n'est pas vrai. C'est moins chaleureux, ça marque une distance. Une distance qui existe. Une distance qui, par à-coups, disparaît et réapparaît de manière imprévisible.

— Tu vas écrire sur cette agression ? Un roman entier ?

— Non, il n'y a pas de quoi faire un roman entier.

— Tu l'allonges un peu et ça te fait un roman entier. C'est ma biographie ?

— Non.

— C'est moi qui vais écrire ta biographie, tu vas voir. J'y raconterai toute la vérité.

— Et comment tu appelleras ton livre ?

— *Personnages secondaires disparus.*

2

Cette histoire de 1990 est simple, peut-être sa seule particularité est-elle que je n'ai jamais pu la raconter. C'est-à-dire que je l'ai racontée mille fois, mais seulement à des amis, au milieu d'une de ces fêtes qui n'en finissent pas et qui me manquent tellement, quand tous nous lancions de vieilles anecdotes, dans le désordre. Celle-ci est une histoire de fin de banquet qui requiert peut-être ce ton souriant, avenant, dont on se sert pour conter des anecdotes sans importance.

J'avais quinze ans et mon père…

Je sors ma calculatrice. Voyons : mon père est né en 1948, aussi ce matin-là de 1990 il avait 1990 – 1948 = quarante-deux ans ; non, quarante et un, parce que c'était en février et qu'il est né en août.

Mon père, à quarante et un an, aurait considéré humiliant de se servir d'une calculatrice pour réaliser une opération arithmétique si simple. Aujourd'hui encore, à soixante-treize ans, il annoncerait le résultat sans hésitation, en moins d'une seconde. Il ne donnerait pas l'impression d'avoir fait un calcul.

J'avais alors quinze ans – non, quatorze, parce que c'était en février et que je suis né en septembre. Alors, à quatorze ans, en cet été de 1990, moi aussi j'aurais fait le calcul de tête.

Le type allait donner des coups de pied à mon père qui était au sol et j'ai défendu mon père. J'ai envoyé mon pied dans les couilles du malfrat aux yeux bleus.

Ça, c'est l'histoire, en gros. Je veux la raconter petit à petit, comme quelqu'un qui revoit image par image une action qui fait polémique. Comme quelqu'un qui décide si le ballon touche ou non la main du défenseur. Comme quelqu'un qui cherche une erreur de continuité.

Les fois où je me suis risqué à faire ce récit, j'ai employé la troisième personne. Presque toujours j'essaie la première personne et la troisième. Et aussi la deuxième, comme dans mon roman préféré, *Un homme qui dort*, de Georges Perec. Fin finale, je choisis la voix qui me semble la plus naturelle, qui n'est presque jamais la deuxième personne. Il y a quelque chose dans cette histoire, quoi qu'il en soit, qui a fait que je n'ai essayé que la troisième personne. Peut-être parce que, ces derniers temps, je me suis réconcilié avec la troisième personne. Car tout ce qui arrive arrive à tous. Pas également, mais arrive. Et en dépit des asymétries, des différences, je sens parfois ou je pressens que, pour moi aussi, tout ce qui se passe se passe à la troisième personne.

3

Pendant ces appels, mon père et moi parlons peu, quelquefois pas du tout, les interlocuteurs, ce sont eux, mon père et mon fils. Si je m'interpose, le petit garçon m'inclut, ravi, mais s'il remarque que mon intention est, disons, informative – si je veux parler avec mon père, l'occasion aidant, d'un sujet sérieux –, il se met en colère.

Mon père et mon fils projettent des voyages sur Mars ou au Chili, lesquels sont pour l'instant également improbables. Ils mélangent l'espagnol avec une langue inventée qui ressemble à une espèce de russe avec un accent allemand. D'autres fois, le jeu consiste à improviser quelque chose qu'ils appellent *une réunion*. Ce sont des dialogues rapides, confus, amusants, délirants. De plus en plus, le chilien profond et accéléré de mon père perd du terrain devant le pur mexicain de mon fils. Mais ils se comprennent, toujours. Silvestre collectionne les peluches et mon père aussi, car, au long de ces années, il a raccommodé la distance en achetant des peluches pour les donner à son petit-fils quand ils pourront enfin se retrouver. Mon père devient le coordinateur d'une petite troupe de nounours qui ressemblent à des chiens et de chiens qui ressemblent à des nounours. Mon fils se comporte comme le charismatique leader d'une escouade de vagabonds de l'espace.

— Tu veux dire bonjour à ta grand-mère ?

— Oui.

Ce qui n'arrive que peu souvent. Et peu souvent ma mère participe à ces appels. Pour quelques minutes, pas plus. Ma mère dit à mon fils des phrases tendres à contretemps. De son côté, il l'écoute avec une curiosité vacillante. Entendre la voix de ma mère, voir son visage, du coin de l'œil, me chamboule, bien que sa prestation soit brève, presque aussi brève que celle d'une star invitée, parce qu'elle veut parler, pas jouer, et l'appel consiste à jouer. Soudain, elle se fâche, elle fait semblant, je suppose, quand elle entend mon fils et mon père inventer les plats du restaurant Dégueu : Purée de vomi, Soupe de caca, Limonade de pipi, Gâteau de morve, parmi d'autres options que Silvestre accueille avec passion.

— Horacio, je t'en prie, arrête, lui dit ma mère.

Parfois mon fils se désintéresse de la conversation. Il se met à dessiner, par exemple, pendant que son grand-père lui parle. Il n'abandonne pas le jeu, dessiner fait partie du jeu, et peut-être ignorer son grand-père aussi. Y compris quand mon père se lasse d'insister, mon fils sait que l'appel n'est pas terminé. J'aime cette forme absurde et belle de faire compagnie, ce silence peuplé d'actions. Au cours des dernières semaines, depuis que je me suis décidé à écrire ce récit, ce sont les moments pendant lesquels j'en ai profité pour demander à mon père quelques détails de cette histoire dont je lui ai même lu quelques fragments. Mon père m'écoute avec un mélange d'impatience et de véritable intérêt.

4

Quand j'ai eu quatorze ans, mon père était toujours plus grand que moi. Je crois que l'on atteint sa stature définitive autour de ses vingt ans. Il n'empêche, j'étais un garçon maigre, voûté et cassant comme du verre, qui assurément ne semblait pas capable de défendre un père baraqué, costaud, sportif.

Les mains de mon père étaient et sont celles de quelqu'un qui a travaillé de ses mains. À sept, à neuf, à douze ans, mon père a vendu des légumes et des fruits au marché de Renca. Ses mains servaient aussi à bloquer les balles hautes et à arrêter les pénaltys. Le corps entier de mon père a été, en général, utile. Et il l'aurait été beaucoup plus si n'était pas intervenue la précoce faiblesse de ses yeux.

Il avait voulu faire son service militaire, il avait voulu devenir carabinier, il faillit être troisième gardien des débutants du Colo-Colo, mais rien de tout ça n'a abouti, en partie par la faute de ses yeux malades. Sur toutes les photos de sa jeunesse, on le voit avec des verres de lunettes en cul de bouteille qui donnent à son visage l'apparence d'un masque. J'ai hérité de lui une myopie facile, raisonnable, même opérable, je n'ai toutefois jamais envisagé sérieusement la chirurgie (la seule idée de me faire charcuter les yeux me terrorise). À quatorze ans, j'avais déjà une ordonnance pour des lunettes, mais je ne les portais jamais, j'étais encore loin de l'âge où sortir dans la rue sans lunettes aurait été une folie. Un âge que j'ai atteint il y a peu. Même comme ça, avec ma myopie et mon astigmatisme, plus la méchante nouvelle presbytie, ma vue est meilleure que celle de mon père à quarante et un an et que celle de mon père à soixante-treize ans.

Quand on dit que quelqu'un travaille de ses mains, personne ne pense aux écrivains. Avec raison. Nous, écrivains, nous avons des mains de pianistes médiocres.

Mon père n'est pas écrivain, il ne l'a jamais été. La poésie ne l'a jamais intéressé. Or je me souviens d'un soir où il écrivit un poème.

— Ça ne doit pas être si difficile. Le Chili est le pays des poètes, avait-il dit.

Je ne me souviens pas de la chaîne de phrases qui conduisit à cette brillante déclaration. Sur-le-champ, il attrapa une serviette en papier et le stylo qu'il utilisait exclusivement pour signer les chèques, et il écrivit sans hésitation un poème qu'il nous lut aussitôt. Nous l'applaudîmes. Nous étions son public captif. Un public généreux, indulgent.

5

De sorte qu'en ce matin de 1990 nous sommes partis seuls, mon père et moi, pour le centre-ville. Dans notre voiture, une Peugeot 504. L'après-midi nous devions partir en vacances à La Serena. Mon père avait besoin d'argent liquide, plus que ce qu'il pouvait retirer dans un distributeur automatique de billets.

— Pourquoi aviez-vous besoin de tout ce liquide ?

— Parce que la maison devait être repeinte pendant les vacances.

— Et pourquoi on est allés dans le centre-ville, au Banco Santander ?

— Santiago. À l'époque, le Banco Santander s'appelait encore Banco Santiago.

— Pourquoi on est allés au Banco Santander du centre-ville, et pas à celui de Maipú ?

— Je voulais aller dans ce quartier, je voulais acheter quelque chose dans les magasins du Portal Bulnes. Une canne à pêche, quelque chose comme ça.

— Pourquoi, puisque vous travailliez dans le centre-ville, vous n'aviez pas acheté la canne ou retiré l'argent avant notre départ en vacances ?

— Je ne me rappelle pas ! D'abord, je voulais que nous soyons ensemble. C'était le premier jour des vacances, mais je voulais quand même aller dans le centre-ville avec toi, j'aimais me balader avec toi.

Notre voyage, par conséquent, était inutile. Mon père s'était garé comme à son habitude, dans le secteur Agustinas et San Martín, près de son bureau. Nous étions allés directement à la banque, la succursale de la rue Bombero Ossa. Pendant qu'il faisait la queue, j'étais resté dans un coin, pour lire. Je me sentais regardé, ou inspecté, ou menacé, j'ai levé les yeux et je suis parvenu à détecter les yeux bleus d'un homme jeune. Une seconde après, l'homme avait disparu. Mon père marchait vers moi, en comptant avec une tranquille innocence les billets qu'il venait de recevoir. Je ne sais pas combien.

— Quatre cent mille pesos, me dit-il, avec assurance.

— Et ça fait combien, en monnaie de maintenant ?

— Aucune idée. Calcule sur Internet.

Je calcule sur Internet, ça me prend un temps fou : mille trois cents dollars, plus ou moins. En billets de cinq mille pesos, ça, je m'en souviens.

— Pourquoi des billets de cinq mille, en 1990, les billets de dix circulaient déjà.

— Ah bon ? Mais je ne sais pas, peut-être qu'ils n'étaient pas si fréquents. Peut-être que c'étaient des billets trop grands, difficiles à changer. Les peintres ont besoin d'acheter du matériel.

Je n'avais pas l'impression que l'homme aux yeux bleus était dangereux. Je ne croyais pas à l'existence de malfrats aux yeux bleus. Pourtant j'avais averti mon père d'un mouvement bizarre. Et j'étais agacé de le voir si désinvolte, de le voir compter ses billets sans s'en faire. Il me remit la moitié de la somme, au cas où. Il me sourit d'abord, comme s'il approuvait ma prudence, mon bon sens. Parfois, quand les pères applaudissent leurs fils, ils s'applaudissent eux-mêmes.

Je me souviens du poids des billets dans la poche de droite de mon pantalon. Nous sortions de la banque quand j'ai demandé à mon père s'il croyait qu'il y avait des malfrats aux yeux bleus. C'était une blague, qu'il n'a pas comprise. Il m'a dit quelque chose, mais je ne me rappelle pas quoi. Lui non plus, il ne se rappelle pas.

6

Nous étions au niveau du sous-sol de la banque, nous montions par l'escalier roulant. Les escalators me rendaient nerveux. C'était nouveau chez moi, quand j'étais petit, je les aimais bien, je les recherchais, je les préférais, mais après, la peur est venue. J'attendais avec trop d'appréhension le moment où je devais lever un pied et réactiver les pas lents avant d'accélérer légèrement. De manière prévisible, j'ai trébuché en haut de l'escalator et ce mouvement maladroit m'a obligé à tourner la tête, et alors j'ai vu que l'homme aux yeux bleus nous suivait de près, accompagné d'un autre qui n'avait pas les yeux bleus, ils étaient noirs, comme les miens et comme ceux de mon père, et les deux se ressemblaient, je l'ai pensé après, le malfrat aux yeux bleus et le malfrat aux yeux noirs se ressemblaient beaucoup, comme des frères.

Nous avons tourné vers la droite dans l'intention d'aller au Haïti, un « café jambes ». Dans un transport d'optimisme, je me suis dit que le danger s'arrêterait là et que, comme tant d'autres fois, mon père commanderait un expresso et moi un lait d'amandes frappé, et que nous répondrions aux sourires obligatoires de ces serveuses aux décolletés plongeants, aux jambes interminables, qui me faisaient tellement honte et que j'aimais tellement regarder. Mais les malfrats nous ont coincés à cinq ou dix pas du Haïti. Mon père a décidé de faire quelque chose de très intelligent qui, à la fois, était choquant et ridicule : un scandale.

— Voleurs ! hurlait-il en pointant du doigt les malfrats.

— C'est vous, voleurs de merde, gueulait celui qui avait les yeux noirs, en nous désignant.

C'était crédible, après tout, moi-même je l'ai compris instantanément. En un millième de seconde, j'ai compris que l'accusateur était convainquant, car les malfrats étaient plus blancs que nous. Ou peut-être que ce que j'ai senti, c'étaient les yeux scrutateurs, sévères, des cent, ou deux cents, ou cinq cents personnes qui circulaient sur le Paseo Ahumada et nous regardaient, alertées par les cris.

Le plus atroce dans ce préjugé, c'était que, si je m'étais trouvé parmi la foule, peut-être aurais-je pensé moi aussi que nous étions les voleurs. À cause de la couleur de notre peau et parce que j'étais mal habillé. Les voleurs portaient des jeans aux couleurs bizarres, qui étaient à la mode à l'époque, et des chemises fantaisie. Moi, j'étais toujours mal habillé. Une fois par an, on me donnait de l'argent pour m'acheter de quoi me vêtir, mais je dépensais presque tout en livres, il ne me restait plus que quelques pesos pour me ravitailler en vêtements de seconde main que je m'achetais toujours trop grands ou trop petits, ça m'était égal. Mon père, au contraire, investissait dans sa garde-robe, mais, en homme éminemment pratique qu'il était et qu'il est resté, il profitait des vacances pour mettre ses costumes à nettoyer et, ce jour-là, ses vêtements de loisir étaient déjà dans la valise en prévision de notre départ pour La Serena. En fait, je ne me souviens pas de ce que portait mon père, j'ai tendance à croire qu'il était en survêtement et en tennis, ou plutôt je l'imagine, je l'invente.

— Je ne me souviens pas de ce que je portais. Comment je pourrais m'en souvenir, me dit-il maintenant.

Mais il se souvient de cette phrase : « Tu m'as piqué mes Ray-Ban, connard de négro. »

C'est ce que dit le malfrat aux yeux bleus à mon père avant de lui arracher d'un coup de patte ses lunettes de soleil vertes, modèle Top Gun. Il lui est resté la marque entre les sourcils. Un coup de griffe.

— Ce n'est pas moi le voleur, c'est une erreur !

Le cri de mon papa me parut déchirant et naïf.

Il aurait été plus facile et plus sensé de filer, comme si c'était nous, effectivement, les malfrats, mais ils nous piégeaient et nous coinçaient. Difficile de distinguer les poursuivants des poursuivis. Au coin du Paseo Ahumada et de la rue de La Moneda, ils nous sont tombés dessus, je me suis relevé rapidement, j'ai vu que mon père était encore à terre et criait : « S'il vous plaît, laissez-moi trouver ma lentille », car le coup de poing avait fait sauter la lentille de contact de son œil droit…

— Du gauche.

— Évidemment.

… car le coup de poing avait fait sauter la lentille de son œil gauche, et c'est alors que le bandit aux yeux bleus a fondu à coups de pied sur mon père qui était à terre, mais j'ai réussi à lui placer un direct bizarre, à la gorge, à peu près, et puis un coup de pied dans les couilles, et le malfrat aux yeux bleus se tordait de douleur et je ne sais pas où était son frère supposé – je me concentrais sur mon père, qui était toujours à quatre pattes en essayant de retrouver sa lentille perdue, mais il n'a pas pu la saisir, car, juste à ce moment-là, un flic lui mettait les menottes.

C'était un flic en civil, avec les cheveux longs, vêtu d'une spectaculaire veste de cuir. Brusquement, tout avait changé. Les voleurs avaient disparu et, en plus du flic en civil, deux carabiniers en uniforme arrêtaient mon père.

— Sales flics, connards, enculés de flics, vous emmenez mon papa, flics assassins !

En gros, c'est ce que j'ai crié.

— Je savais qu'on allait s'expliquer, je n'avais pas peur, mais je t'entendais insulter les flics et je me disais qu'ils allaient t'arrêter, toi, et ça m'angoissait, m'a dit mon père par la suite.

Ils ont emmené mon père menotté, je les suivais en engueulant les flics, tout de suite se sont présentés quatre ou cinq témoins volontaires et spontanés.

— Le jeune a raison, le monsieur n'était pas le voleur, j'ai tout vu, a dit une femme d'une cinquantaine d'années, vendeuse à la sauvette, avec son tissu par terre rempli de marchandise.

Celle qui aurait eu intérêt à éviter les policiers n'hésitait pas, en cet instant, à s'exposer, et elle m'a accompagné jusqu'à la galerie où les flics interrogeaient mon père. Et il répétait plusieurs fois sa phrase, avec rage, comme s'il y jouait sa vie. Et puis il m'a pris par les épaules, m'a calmé, m'a dit que tout allait s'arranger.

En un geste pathétique et désespéré, mon père a sorti son chéquier et leur a montré ses cartes de crédit.

— Comment pouvez-vous croire que je vais me mettre à voler, leur a-t-il dit.

Les flics n'ont rien répliqué, ils ont haussé les épaules, la question était réglée, c'était un malentendu. Ils ont dit, en revanche, à mon père qu'il pouvait porter plainte. Il s'y est refusé.

J'ai vu la vendeuse ambulante se perdre dans la foule. Après, j'ai souvent arpenté le centre pour la retrouver, j'étais sûr que je pourrais la reconnaître et la remercier, peut-être, en lui achetant quelque chose, n'importe quoi, parmi ce qu'elle vendait, mais je ne l'ai jamais revue.

7

— Je n'ai jamais voulu être carabinier, m'explique mon père. Plutôt crever. Ce que je voulais, c'était entrer dans l'aviation. Mais c'était impossible, à cause de ma vue.

— Je corrige, alors.

— Et je ne me souvenais pas de ce poème que j'ai écrit. Mais tu as oublié de parler de quand je récitais.

C'est vrai. Parfois, dans les fêtes familiales, mon père récitait ou plutôt déclamait un poème, toujours le même, épouvantable.

— Il n'est pas épouvantable. Il ne te plaît pas, mais ce n'est pas un poème épouvantable. À chacun son goût.

C'est un poème épouvantable qui s'intitule « Le Conscrit ». En réalité, c'est un tango ou une milonga que mon père récitait comme un poème. Et ce putain de poème nous remuait les tripes. J'ai peut-être mis quelques années avant de le considérer comme un poème épouvantable.

— Pourquoi vous n'avez pas porté plainte ?

Je change de sujet et je sens que ma question détonne, elle semble journalistique, policière.

— Parce que ça ne servait à rien, ils ne les auraient jamais rattrapés.

Le bref interrogatoire avait eu lieu à dix pas de l'opticien chez qui mon père faisait faire ses lentilles de contact et où j'avais choisi ces lunettes que je ne portais jamais. Tout bien considéré, cette coïncidence était de bon augure, d'après lui. Dans la boutique, un vieillard avait accueilli mon père avec l'étreinte réservée aux bons clients.

— Ce n'était pas un vieillard, c'était un homme d'un certain âge. Don Mauricio, précisa mon père. Mais il doit être mort à l'heure qu'il est.

Je voulais raconter à don Mauricio et à tout le monde ce qui s'était passé, mais mon père m'a serré la main quand j'allais commencer mon récit et a dit seulement qu'il avait perdu la lentille de son œil gauche et avait besoin de la remplacer de manière urgente. Don Mauricio a promis qu'il en aurait une dans les vingt-quatre heures.

Le Paseo Ahumada, où nous étions retournés, m'est apparu pour quelques secondes comme un nouvel endroit. Mon père marchait vite, il clignait son œil sans défense, mais il s'appuyait sur moi. Ç'aurait été idiot d'aller jusqu'au parking, il ne pouvait pas conduire.

— Rentrons en bus, m'a-t-il dit.

— Prenons plutôt un taxi.

— Tu es fou, un taxi jusqu'à Maipú, tu as vu ça où ?

— Je t'invite.

Il m'a regardé sans comprendre, dix secondes. Puis il s'est rappelé que j'avais la moitié de l'argent dans ma poche. Lui aussi avait son argent, ils ne nous avaient rien volé. Seulement ces fameuses lunettes de soleil.

Moi-même, j'ai arrêté le taxi, nous nous sommes assis derrière, serrés l'un contre l'autre. Je me suis souvenu alors d'un autre voyage très long en taxi, quelques années plus tôt, serrés aussi l'un contre l'autre. Mon père avait percuté de front un camion. Le chauffeur du camion était responsable, il était ivre et circulait à contresens. Il y avait eu un blessé grave, un des meilleurs amis de mon père, qui était à la place du passager, sans ceinture de sécurité. Un ami qui, depuis lors, a cessé d'être son ami.

— Ce n'est pas vrai, après on a continué à se voir, se rebiffe mon père, furieux.

— Mais vous n'étiez plus amis, pas aussi amis.

— Ce sont des choses qui arrivent.

Il n'était pas en faute, mais comme il y avait eu un blessé grave, mon père avait dû passer une nuit en prison. Ma mère, ma sœur et moi, nous étions allés le chercher et nous sommes repartis tous les quatre sur la banquette arrière d'un taxi, pelotonnés en une étreinte permanente. Il a commencé à nous parler ; ses phrases, je ne m'en souviens plus, mais il voulait nous apaiser, nous consoler, et pourtant tout à coup il s'est mis à pleurer, tous nous nous sommes mis à pleurer. Des pleurs versés tout le reste du chemin.

La Peugeot 404 a été déclarée « épave » et la contusion causée par la ceinture de sécurité qui traversait le torse de mon père a persisté longtemps. Il a acheté ensuite la Peugeot 504 qui était garée le fameux matin dans le parking des Agustinas. Pendant ce second long trajet en taxi nous n'avons pas pleuré. Je crois qu'au contraire nous avons célébré les scènes récentes comme si nous avions, en un sens, gagné quelque chose. Il m'a remercié de nombreuses fois et, au cours des mois qui ont suivi, j'ai raconté cette histoire à qui voulait l'entendre, en exagérant un peu, dans mon récit, j'étais devenu une espèce de Jackie Chan ou de Bruce Lee.

8

La première fois que j'ai essayé d'écrire cette histoire, j'avais décidé de terminer avec une scène de 1994 ou 1995, alors que j'étais à l'université et qu'au milieu d'une manifestation nous nous échappions, les flics à nos trousses, avec mes amis.

— Connards de flics, enculés de flics, flics assassins !

J'avais l'image, en criant, des flics qui emmenaient mon père. Mon sentiment était ambigu, parodique, combatif, émouvant, le tout en même temps. Moi criant contre les flics et me rappelant mon père, qui apparaissait comme une victime, mais aussi comme le bourreau, car il aurait bien pu être carabinier, évidemment, à un moment il avait voulu l'être.

— Mais puisque je te dis que je n'ai jamais voulu être flic.

— Mais c'est ce que je croyais. Quand je criais contre les flics, je pensais qu'ils étaient comme vous.

— Ils sont aussi comme toi.

— Possible. On pourrait avoir été policiers, on pourrait avoir été voleurs.

— Non, je n'ai jamais rien volé à personne. Et je n'ai jamais voulu être flic, corrige-le. Tu m'as dit que tu allais le corriger.

Je ne sais pas si ça aurait plu à mon père de me voir là-bas, gueulant contre les flics.

— Non, ça ne m'aurait pas plu, même si je me doutais que tu trempais là-dedans.

Ce sentiment ambigu n'a jamais disparu. Dans chaque manifestation, quand arrivait le moment de gueuler contre les flics, je me rappelais mon père et ressentais une émotion trouble, que j'ai éprouvée de nouveau la dernière fois que j'ai été au Chili, en 2019, quelques jours après l'explosion sociale d'octobre. J'avais improvisé mon voyage, j'ai vu mes parents et ma famille élargie – mes amis chers. Et avec certains d'entre eux, je suis allé manifester. Quand je me suis mis à sauter puis à hurler *El que no salta es paco* (celui qui ne saute pas est un flic), tout m'est revenu. Sauf que, cette fois, en plus de penser à mon père, je pensais à mon fils, ou je sentais que j'étais mon père, et que je m'aventurais vers un monde futur dans lequel mon fils me protégerait, me défendrait et me jugerait.

Je regarde des photos prises plus ou moins ces jours-là. Il y en a une sur laquelle Silvestre sourit avec mes lunettes sur le nez. Il avait une obsession pour mes lunettes. Il jouait à me les enlever et courait avec elles à sa très lente vitesse maximale de l'époque. Je me rappelle avoir pensé que je le reconnaîtrais dans la foule. Je veux dire : je regardais le visage nimbé, flou, de mon fils, et je me demandais si je le reconnaîtrais dans la foule. Et je me répondais à moi-même, peut-être pour me calmer, que oui.

9

Tu as fini de préparer le petit déjeuner ? m'interrompt mon père.

— Il est prêt, dis-je.

Nous nous asseyons à table. Mon père aussi, qui a pris son petit déjeuner des heures plus tôt et en profite pour grignoter la moitié d'une *marraqueta* et se resservir du café.

— Tu me paieras les droits d'auteur pour tout ce que tu as déjà écrit sur moi, me dit-il. Silvestre, ton papa écrit un livre sur moi.

— Moi aussi, j'ai écrit un livre sur mon papa, dit mon fils.

— Et comment il s'appelle ? demande mon père.

— *Les Problèmes d'Alejandro.*

Mon fils remet à plus tard sa quesadilla aux criquets pour raconter son livre à mon père. C'est le sujet du moment, il l'a répété de nombreuses fois ces jours derniers, chaque fois plus conscient des éclats de rire qu'il génère.

Il y a quelques semaines, j'ai eu de la fièvre pendant plusieurs jours, due à une infection rare et persistante qui n'était pas le covid, même si toutes les demi-heures je me disais que ce l'était. Un matin, alors que je me sentais un peu mieux, Silvestre insista pour rester avec moi, en jouant justement aux examens de covid, qui sont encore aujourd'hui un de ses jeux récurrents. Il se met l'index droit dans le nez, puis le regarde à contre-jour, théâtralement, et le juge « positif » ou « très positif », ou « négatif » ou « très négatif ». Ce matin-là, sans raison apparente, il se mit à pleurer. Peut-être sentait-il que je l'ignorais. Je lui demandai ce qui lui arrivait, il se colla contre ma poitrine, mais ne me dit rien. Je sentis que c'était sa manière de me prier d'aller mieux une fois pour toutes.

Jazmina réussit ensuite à l'emmener dans le salon et c'est alors qu'il lui parla pour la première fois de son projet de livre, *Les Problèmes d'Alejandro.*

— Et de quoi il parle, ton livre ? lui demanda-t-elle, morte de rire.

— Dc ça, des problèmes d'Alejandro. Alejandro a de la fièvre. Alejandro a renversé un verre d'eau sur son ordinateur. Alejandro a peur des écureuils. Alejandro a perdu ses lunettes. Alejandro n'aime pas le riz au lait. Alejandro ne trouve pas ses lunettes, parce qu'il n'a pas ses lunettes. Alejandro a très mal à la tête.

Maintenant, il raconte la même histoire à mon père et ajoute plusieurs chapitres. Mon père n'en peut plus, il étouffe presque de rire. Puis il me demande si c'est vrai, pour l'ordinateur. Je lui dis que oui, je lui raconte que j'ai dû en acheter un autre. Il me demande où on en est, côté finances. Avant, quand il me posait cette question, je lui répondais : « Très mal », sur un ton assez stoïque, en me disant qu'il me ferait tout de suite un virement, un peu de fric, une avance sur mon héritage. Mais on n'en a jamais vu la couleur. Aussi, maintenant, je lui réponds, vrai ou pas, que tout est sous contrôle.

— Mais comment tu as pu faire un truc pareil, dit mon père comme pour lui-même.

Renverser un verre d'eau sur un ordinateur, je me dis, ce doit être pour lui la chose la plus bête qui peut arriver à un type. Mais il ne me le dit pas.

Jazmina se joint aux rires et au petit déjeuner. Puis elle et le petit garçon s'en vont au jardin. Il y a quelques mois, quand il lui apparut que la pandémie serait éternelle, Jazmina avait commencé un petit potager où poussent aujourd'hui des blettes, des petits pois, des oignons et du basilic. Je reste cinq minutes à discuter football avec mon père. Il me dit qu'il doit raccrocher.

— J'ai presque terminé, lui dis-je.

— Quoi donc ?

— Ce que j'écrivais sur l'agression. Les petits passages que je vous ai lus.

Je veux qu'il lise la version finale. Je le lui demande timidement. Je pense qu'il en a marre de mes questions, mais aussi je sens qu'au contraire il participe, qu'il aime que je rappelle cette vieille histoire, cette histoire.

— Tu veux que je le lise tout de suite ? Tu crois que je n'ai rien à faire, que je n'ai pas de travail ? J'ai du boulot par-dessus la tête.

— Oui. J'aimerais que vous le lisiez tout de suite.

— D'accord, me dit-il de façon inattendue.

Je lui envoie le fichier, il l'ouvre, je pense qu'il va le lire aussitôt, devant moi ; que je vais voir sa figure pendant vingt ou trente minutes. Et je trouve même que ce serait normal. Mais il raccroche, parce que c'est ce qui est normal.

J'attends qu'il ait lu, j'attends son appel, je suis irrationnellement nerveux. J'ai arrêté de fumer, mais j'ai envie de fumer une, deux ou toutes les cigarettes que je pourrais fumer pendant le temps qu'il mettrait à lire mon récit. D'où un nouveau chapitre du livre de mon fils : Alejandro a recommencé à fumer.

— Je l'ai lu, me dit enfin mon père, une demi-heure plus tard.

— Ça vous a plu ?

— Oui, me répond-il, sans hésiter. Ça m'a beaucoup plu, fils. C'est amusant.

Leçons tardives de pêche à la mouche

I

« On va aller pêcher, tous les deux seuls, un de ces jours », dit mon père à mon fils. C'est un voyage improbable, mais j'aime imaginer qu'on entend un coup de klaxon et que l'on court, mon fils et moi, chacun avec son lourd sac à dos, pour monter dans le break de mon père – je ne suis pas invité, mais j'adorerais me faufiler dans ce voyage, ne serait-ce que pour trimballer le panier avec les sandwichs ou mettre un vêtement chaud à mon fils dans la soirée.

Aucun contretemps, aucun défi, aucune rébellion n'aurait vraiment déplu à mon père si j'avais été ce fils qu'il voulait : un fils qui, par exemple, l'aurait accompagné à la pêche, y compris en pleines turbulences adolescentes. Ce fils que je n'ai pas été, bien entendu, qui aurait su transmettre à son propre fils la même passion. Dans notre roman familial masculin, nous ne vivrions pas à sept mille kilomètres l'un de l'autre, mon père et moi, mais à peine à deux ou trois villes de distance. Peut-être les parties de pêche ne seraient-elles pas si fréquentes, mais au moins une fois par an nous passerions des heures à conspirer pour feinter les poissons.

Mon père avait essayé, évidemment. Je ne me souviens pas de notre première partie de pêche seuls, j'avais trois ou quatre ans, mais il me l'a racontée tellement de fois que son récit fonctionne comme un souvenir implanté. Le matin de notre départ, il eut l'idée de me mettre sur ses genoux pour sortir la voiture du garage – je visualise mes petites mains sur ses mains énormes tenant le volant de la Ford Taunus, et j'imagine l'émotion débordante qui m'a poussé à lui demander, déjà sur la route, s'il me laisserait, quand il ferait nuit, quand nous arriverions chez nous, rentrer la voiture au garage. Il me le promit, heureux que ce jeu me plaise tellement, mais je me consacrai pendant tout le voyage à lui faire confirmer sa promesse, et mon insistance fut telle qu'après, déjà installé au bord des eaux calmes du lac Peñuelas, il m'avertit que si je continuais à revenir sur ce sujet, il ne me laisserait plus jamais rentrer ni sortir la voiture. La menace fit son effet à l'instant, mais plus tard je m'approchai des poissons qui agonisaient en tas sur la rive pour jouer avec, et je me mis à inventer des dizaines d'histoires à propos de généreux *pejerreyes* pères qui laissaient leurs *pejerreyes* fils rentrer et sortir leur voiture de nombreuses fois. C'est ainsi que se passa l'après-midi entier.

« Pour toi, le mot *non* n'existait pas », déclare mon père chaque fois que je raconte cette histoire, laquelle, d'après lui, démontre que depuis tout petit le trait essentiel de ma personnalité a été l'obstination, ou l'opiniâtreté, bien que, dans les années récentes, il ait adapté son interprétation de ce récit qu'il présente comme une preuve prématurée de ma vocation littéraire. Quoi qu'il en soit, mon père dit que, pour moi, le mot *non* n'existait pas, et j'ai grandi en croyant que, pour mon père, seul existait le mot *non*.

II

Un jour de Noël lointain, le Viejo Pascuero chilien ignora nos lettres et décida de nous envoyer des cannes à pêche, avec moulinets, fil, hameçons et tout en guise de cadeaux. Il me semble que l'enthousiasme de ma sœur était vrai, mais peut-être qu'elle se laissait emporter par la politesse obligatoire qu'on nous inculquait dans notre enfance. Nous étions des enfants qui aidaient à mettre le couvert, qui disaient bonjour aux adultes et qui remerciaient pour les cadeaux, y compris si l'éventuel destinataire de notre gratitude était un être abstrait comme le Père Noël.

Mais moi, ce soir-là, j'étais déçu et je le dis. Dans ma lettre, rédigée avec une avance exagérée et mise par moi personnellement à la boîte de la Poste chilienne, je croyais avoir été assez clair : je voulais un bicross, rien de plus que ça, mais aussi rien de moins que ça. « Peut-être l'année prochaine », m'apaisa ma mère, avec une douceur agitée. C'est alors, bien sûr, à huit ans, que je commençai à comprendre le raffinement de la fraude de Noël.

La veillée se passa avec nos voisins, en supportant les piétinements d'une petite fille qui pleurait comme une fontaine parce qu'elle avait reçu une poupée qui ne pleurait pas. Je m'explique : elle avait reçu une poupée qui, en théorie, devait pleurer, mais ne pleurait pas, et sa petite maman pleurait en échange. C'était un défaut technique, ça se répare, affirmaient ses parents, au désespoir. J'essayai de la consoler en lui disant que je détestais aller à la pêche et que, pourtant, j'avais reçu une canne à pêche. La petite fille pleurait toujours, avec une tristesse encore plus déchirante, car elle se solidarisait avec moi.

En vérité, je ne détestais pas la pêche. Je préférais aller à la plage, mais je m'amusais tout aussi bien dans le lac de barrage Lo Ovalle, en face de Casablanca, qui était notre destination la plus fréquente ; j'aimais en particulier le rituel émouvant qui consistait à planter dans la terre les piquets de notre tente orange. C'était toujours deux ou trois jours pendant lesquels ma mère passait le temps en écoutant des cassettes d'Adamo et du Puma Rodríguez tout en feuilletant pour la énième fois des magazines *Vea*, à prudente distance du soleil implacable, même si de temps en temps elle mettait un chapeau de paille et d'énormes lunettes de soleil, et prenait le thermos de café pour s'asseoir à côté de mon père absorbé dans son occupation favorite toute la journée.

Ma sœur et moi, nous les rejoignions régulièrement, peut-être pour montrer que nous étions toujours dans le coin. Mon père répondait à mes questions avec un léger sourire aimable et sur un ton distrait, en parlant bas, comme s'il avait oublié à Santiago sa grosse voix caractéristique. Beaucoup plus que le volume de sa voix, sa sérénité et sa patience m'intriguaient. Il changeait à peine de position : quand il en avait assez de sa petite chaise pliable bleue, il cherchait un rocher où se poser. Mais le plus souvent il restait debout, puis un long moment accroupi, puis de nouveau debout un grand laps de temps.

Je suppose que mon plaisir ultime d'alors n'était pas de m'ennuyer en observant mon père. Qui pourrait dire le contenu de ces journées ? Je me rappelle que je m'allongeais au soleil au bord du lac de retenue, la main posée bien ferme sur ma poitrine pour obtenir le tatouage inversé qui m'aurait enchanté. Et que ma sœur et moi, nous jouions avec Andrea, une petite fille adorable et belle, plus jeune que moi, qui avait un bec-de-lièvre et vivait là toute l'année, car elle était la fille de Juanito Plaza, le gérant du camping. Avec elle, nous nagions, ramions ou bravions les rats qui sautaient, craintifs et heureux, entre les rochers. On jouait aussi à l'étranger, interprété par un de nous, qui arrivait dans sa jeep et parlait un langage incompréhensible, et les autres étaient des gens du cru qui lui apprenaient la langue et les coutumes du village. Ma sœur se régalait de me faire dire des gros mots qui, dans ce lieu, équivalaient à des mots ordinaires et courants. *Connard*, par exemple, signifiait, dans ce pays, « je vous souhaite le bonjour ».

III

Ma sœur préférait pêcher au fil tandis que moi je m'installais avec la canne pour imiter les mouvements de mon père, cependant son humeur paisible de pêcheur, insuffisante, n'allait pas jusqu'à tolérer notre récital d'erreurs et de maladresses. Il nous apprenait son savoir, essayait de nous aider à affiner notre technique et se retenait à tout prix de nous engueuler, mais après cinq tentatives ratées, qui pouvaient être vingt (ou trente), son accablement était perceptible. Alors ma sœur allait retrouver Andrea et je m'éloignais subrepticement en quête de coins solitaires où pêcher comme je voulais.

Le soir, je montrais à mon père les quelques poissons que j'avais pris en dépit de mes déficiences techniques. Il me félicitait exagérément et avec tendresse.

— Pourquoi tu n'es pas resté avec moi ?

— Parce que les poissons que je voulais trouver étaient ailleurs.

C'est ce que je lui répondis par une chaude soirée que nous passions en jouant aux dominos, posés sur la terre comme des soldats de plomb.

— Reste pêcher avec moi, me disait-il toujours. Et si tu t'ennuies, tu peux aller jouer, mais après tu reviens.

Un matin, nous nous éveillâmes avec l'annonce qu'il y avait un banc de poissons. Je fonçai jusqu'au lac avec ma canne, il suffisait de mettre à l'eau et de se croiser les bras, parfois on relevait deux beaux *pejerreyes* argentés simultanément sur les hameçons. Je passai deux ou trois heures affairé avec cette avidité de l'enfance dans ce vivier millionnaire. J'enfilais les vers de farine sur les hameçons, je trouais avec un clou les branchies et les bouches blessées des *pejerreyes* moribonds et je les ajoutais à la cordelette que je trimballai, euphorique, quand je revins à la tente d'un pas triomphal : avec les années, je suis devenu plus délicat et maintenant j'ai du mal à accepter la répétition fastidieuse de ces actions.

Ayant appris l'arrivée du banc de poissons, mon père avait préféré passer son après-midi à se promener avec maman et à discuter autour de quelques bières avec le papa d'Andrea. Je lui demandai pourquoi justement cet après-midi-là, où tout était si facile, il avait décidé de ne pas pêcher.

— Pour cette raison, justement, me répondit-il. Parce que c'était trop facile.

IV

« Ton père a été mon père cet été-là », me dit Cristián, un ami cher de mon adolescence que j'ai perdu de vue depuis des dizaines d'années – nous venons de nous retrouver, en réalité pas en chair et en os : depuis quelques jours, nous échangeons de très longs messages vocaux avec la promesse de nous revoir dès que possible.

À l'époque dont parle Cristián, nous nous consacrions, lui et moi, à chercher des remèdes contre l'acné, qui menaçait avec une rudesse identique sa peau rosâtre et la mienne brune. Cristián avait appris qu'il était possible de combattre les boutons avec des masques d'aloe vera, aussi, dès le soir venu, nous partions ensemble en quête d'un pied d'aloès, puis nous nous enfermions dans ma chambre pour nous tartiner le visage avec la pulpe. Le tout en cachette et dans l'obscurité, comme pour acheter de la drogue.

Ce fut mon père qui, à l'impromptu, l'invita à passer les vacances avec nous.

— Où est ton sac à dos, Cristián ? lui demanda-t-il.

— Quel sac à dos ?

Mon père éclata de rire et aussitôt appela Gina, la maman de Cristián, pour lui demander son accord, et mon ami partit en courant et revint un quart d'heure plus tard avec un sac à dos minimal fait à la va-vite que nous casâmes en force dans le coffre déjà plein à craquer de la voiture.

— Je me rappelle qu'on a écouté Simon & Garfunkel pendant toute la route, me dit Cristián. Et que ta maman mettait plus fort et que ton père baissait le volume à chaque fois. Et qu'elle conduisait plus vite que lui.

— Et tu te souviens des en-cas à la confiture ?

— Non, me dit Cristián.

Nous emportions des petits pains avec de la confiture de mûres pour la route et ma mère avait eu l'idée de les appeler en-cas, pour qu'ils soient plus appétissants. C'était une de ces facéties inopinées qui restent accrochées à la mémoire comme si elles avaient la moindre importance.

Cinq heures plus tard, nous occupions allègrement le salon d'une maison réfrigérée à La Serena. Je sens que je devrais mieux me remémorer ce voyage, mais je le simplifie – j'imagine que nous passâmes ces deux semaines de février à jouer aux raquettes sur la plage ou à faire durer nos bières illégales dans une discothèque de Coquimbo pendant que nous spéculions sur des romances sensationnelles et imminentes. Les souvenirs de Cristián sont différents. Il se rappelle, par exemple, qu'un matin nous vîmes, entre les rochers de la plage vide, avec mes jumelles, deux femmes qui se baignaient nues dans la mer.

— Je ne sais pas comment tu as pu oublier un truc pareil, me dit Cristián, avec raison. Les déesses du Nord, on les appelait.

Cette phrase, « les déesses du Nord », déclenche peut-être en moi le souvenir ou l'envie de me souvenir. Nous nous souvenons tous deux avec précision, en revanche, de mon père faisant le clown dans les rues de La Serena. Sa blague consistait à dire bonjour à n'importe quel inconnu comme s'il le connaissait d'avant ; il s'approchait avec effusion, avec des embrassements exagérés. Et quand l'inconnu dénonçait l'erreur, mon père se confondait en excuses et lançait sa phrase triomphale :

— Mais aussi, cette ressemblance physique est franchement incroyable.

Avec Cristián, nous étions de simples comparses, tout juste capables de retenir nos fous rires. Quand enfin la plaisanterie courait le risque de nous ennuyer, mon père s'approcha d'un garçon d'une dizaine d'années et le salua avec une émotion toute particulière, en faisant semblant de reconnaître le fils de son meilleur ami.

— Je n'en reviens pas, Pepito Roblero, tu as tellement grandi ! J'ai hâte de voir ton papa.

Le gamin expliqua, déconcerté, qu'il n'était pas Pepito Roblero. Mon père s'excusa, prononça sa phrase à jamais gravée dans le marbre et nous continuâmes à tuer l'après-midi avec nos glaces, et une demi-heure plus tard, près du marché de La Recova, nous croisions le même petit garçon vers qui mon père se précipitait de nouveau pour lui dire, euphorique :

— Pepito Roblero, nous avons vu tout à l'heure un garçon qui te ressemble trait pour trait !

Cette conduite de mon père était inhabituelle, j'en ai la certitude. Mais Cristián me dit que mon père se conduisait toujours comme ça.

— Il était vraiment sympa. Et très accueillant avec moi. Beaucoup d'humour, comme toi, vous vous ressemblez.

— Je ne trouve pas.

— Oui, c'est normal, tu ne veux pas ressembler à ton père. À l'époque, pour moi, vous étiez pareils. Mais les pères, nous n'apprenons jamais à bien les regarder. Qui a écrit ça ?

Je reconnais après coup une phrase écrite par moi. Je suis heureux de découvrir que Cristián a lu un de mes livres. Nous en parlons. Je me rappelle de mémoire quelques-uns des poèmes que j'écrivais dans l'adolescence. Ce sont des poèmes archimauvais, que j'aimerais qu'il oublie sur-le-champ. Il m'aime bien et n'est pas du tout de mon avis.

— On est allé au marché plusieurs fois, tous les trois, et ton père faisait toujours la même chose.

— Il ne l'a pas fait qu'une fois ?

— Non ! Plusieurs fois. C'est moi qui devrais être l'écrivain, dis donc.

— C'est sûr ! Et ma mère et ma sœur, qu'est-ce qu'elles faisaient ? Si je me rappelle bien, toi et moi, on était toujours ensemble, ma sœur et ma mère étaient toujours ensemble et mon père était toujours seul.

— Ta maman et ta sœur allaient à la plage tout l'après-midi. Mais je me rappelle que toi et moi, on ne lâchait jamais ton père.

— Sérieux ? D'après moi, papa passait son temps à pêcher et on se baladait, toi et moi, sans but précis.

— Oui, mais on est allés aussi avec lui à Punta de Choros et à d'autres plages, dit Cristián.

La puissance mémorielle de mon ami éveille en moi l'image assoupie de l'immense plage à demi vide de Punta de Choros. Je me vois marchant avec Cristián, on écrasait sous nos pieds les coquilles de *machas* sur le rivage, morts de rire avec nos rudimentaires pas de twist, pendant que mon père, dans son attirail fluorescent de pêcheur expérimenté, entrait lentement dans l'océan.

— C'est sur cette plage qu'on a vu les déesses du Nord ? je lui demande.

— Je ne sais plus, me dit-il. Mais après, j'ai continué à les voir partout, comme des fantômes.

— Sérieux ?

— Non.

V

Deux ans après ce voyage que se remémore Cristián, un collègue invita mon père à Río Pescado, près de Puerto Varas, où il découvrit la pêche à la mouche, qui devint sa passion principale et peut-être définitive. Nous habitions encore ensemble quand mes parents commencèrent à multiplier leurs voyages vers le Sud pour pêcher dans le Río Puelo ou le Río Baker, puis ils passèrent plusieurs étés à Villa La Angostura, près de Bariloche : c'était un voyage long dans le break, avec des arrêts à Temuco et à Osorno avant de traverser la frontière argentine. Je devine qu'à un moment ma mère avait essayé de s'associer à la fièvre de la pêche à la mouche, mais elle passait plutôt son temps à lire des romans pendant ces voyages, un intérêt nouveau pour elle qui depuis ne l'a jamais abandonnée.

Des années plus tard, pendant la période où j'ai fait de la critique littéraire, chaque fois que j'écrivais une recension négative d'un roman, ma mère le lisait et le trouvait bien. Évidemment, il m'arrivait de signer des articles favorables, c'était en fait le plus courant, mais les livres que je trouvais bons ne semblaient pas devoir lui plaire. De toute façon, j'aimais écrire dans le journal que ma mère lisait. Et j'avais plaisir à parler avec elle de ces livres, même si nos conversations avaient un arrière-goût de reproche poli. (« Je n'écris pas pour les critiques, j'écris pour les mamans des critiques », a dit une fois l'écrivain Hernán Rivera Letelier, comme s'il devinait ce décalage dont je parle. C'est une phrase magnifique, vraiment.)

VI

Avec mon père, je ne parlais jamais de livres, c'est pourquoi je fus surpris quand, il y a environ dix ans, il me prêta son exemplaire de *Nada es para siempre* (Rien n'est pour toujours) de Norman Maclean, et me demanda de le lire.

— Tu vas adorer, me dit-il, c'est mon livre préféré.

Le seul fait que mon père possédait un livre préféré était, pour moi, une nouveauté que je ne voulus pas prendre au sérieux. Et puis je me dis que ce titre fleurait le développement personnel, de même que l'image sur la couverture, un photogramme du film de Robert Redford, ce que je ne sus que des mois plus tard, un soir où je mettais de l'ordre dans les petites tours spontanées de mes lectures en attente. Je compris alors que le titre original de l'histoire de Maclean, et du film en anglais, était *A River Runs Through It*. Je confirmai sur Internet que *Nada es para siempre* était le titre commercial du film en espagnol et que la critique considérait les récits de Maclean comme un classique de la littérature nord-américaine.

Ayant désormais la certitude que *A River Runs Through It* (*La Rivière du sixième jour* en français) était, en théorie, de la bonne littérature, je n'avais pas plus envie de le lire. Je me rappelle, en revanche, avoir repensé plus tard, intrigué, au geste de mon père. Pourquoi, au lieu de m'en faire cadeau pour mon anniversaire ou pour Noël, m'avait-il *prêté* son exemplaire ? Peut-être n'était-il pas immunisé contre le fétichisme littéraire ; peut-être voulait-il que je passe par chacune des pages, chacune des phrases et chacun des mots qu'il avait lus et soulignés, parce que le livre recelait des phrases soulignées, ce qui me surprit aussi, d'une certaine façon. À peu près à cette époque, j'avais lu *Comment j'ai rencontré les poissons*, d'Ota Pavel, qui aurait enchanté mon père, et *La Pêche à la truite en Amérique*, de Richard Brautigan, qu'il aurait trouvé extrêmement bizarre, mais il ne m'était même pas venu à l'idée de lui signaler ces lectures.

Pendant longtemps, peut-être deux ans, mon père continua à me demander si j'avais lu son livre préféré et je lui répondais qu'il était sur ma table de chevet, et que j'allais le lire un de ces jours, et il me répétait s'il te plaît, prends-en soin, ne le perds pas, ce qui était, d'une certaine manière, superflu, car je soignais les livres. Les livres, c'était mon rayon, après tout ; je soignais les livres avec la même application que celle qu'il mettait à conserver ses queues de billard et son matériel de pêche, y compris les mouches qu'il s'était mis à confectionner lui-même avec un zèle jaloux jusqu'à minuit, éclairé par une petite et néanmoins puissante lampe qu'il avait installée à un coin de son bureau spécifiquement pour ces nuits d'artisanat obsessionnel.

VII

— Je peux venir ? me dit mon père un matin, au téléphone. Je suis à cinq minutes de chez toi.

C'était un vendredi et je n'attendais pas sa visite. Nous avons pris un café, parlé un peu de je ne sais plus quoi. Il n'était pas habituel de l'avoir chez moi, ça me plaisait de le recevoir.

— Pour te dire la vérité, je suis venu reprendre mon livre, m'a-t-il dit au moment où il partait.

Il s'est mis lui-même à faire l'inspection de mes rayonnages, comme dans mon adolescence, quand il perdait quelque chose et qu'il entrait directement dans ma chambre pour vérifier mon placard et que je craignais qu'il ne trouve ma marijuana ou mes journaux intimes. Je l'ai accompagné dans sa recherche, très énervé, mais au bout d'un moment je lui ai promis que je regarderais bien et lui rendrais son livre au plus vite. J'ai respiré, soulagé, quand il est parti.

Ce même après-midi, j'ai repris ma recherche. J'étais sûr d'avoir relégué Maclean dans les couches les plus proches du sol, à une proximité dangereuse du petit tas des livres dont je me débarrassais de temps en temps – quand on m'invitait, par exemple, dans une école, je prenais des livres de ce petit tas et je les offrais, avec un léger sentiment de culpabilité, conscient de ce que l'on n'a aucun mérite lorsqu'on donne ce à quoi on n'attache aucune valeur. Honteux de moi-même, j'ai conclu que, sans le vouloir, j'avais fait don de ce livre que mon père m'avait demandé si souvent de soigner. J'ai essayé de l'acheter, mais son exemplaire avait vécu et, de toute façon, il restait le problème des phrases soulignées. Et je ne l'ai pas beaucoup cherché, à vrai dire.

— Je ne l'ai pas trouvé, papa, ai-je dû lui avouer une quinzaine de jours plus tard, lors de l'anniversaire de ma mère, je crois. Mais je suis sûr que je l'ai. En plus, je tiens à le lire.

— Mais je sais bien que tu ne tiens pas à le lire, me dit-il avec une jovialité inattendue, comme si le sujet n'avait pas d'importance. Tu ne tiens pas à le lire, parce que c'est moi qui te l'ai recommandé.

« Tu pourrais au moins lui dire que tu l'as lu, lui mentir, m'a dit ma mère. C'est un livre sur la pêche, et ton papa, la pêche l'intéresse beaucoup. »

Cette incitation au mensonge était déjà suffisamment bizarre, mais la seconde phrase l'était encore plus, parce que, bien entendu, je n'avais pas besoin qu'elle me fasse des révélations sur l'intérêt de mon père pour la pêche.

— Je ne l'ai pas lu, mais le film est très bon, a dit ma sœur, c'est un des premiers de Brad Pitt.

— Le livre est mieux, déclara mon père.

— Je veux le lire quand mon frère te l'aura rendu. Tu devrais voir le film, Ale, il a même eu un Oscar. Mais toi, tu ne vas jamais voir les films qui gagnent les Oscars.

— Ça m'arrive, dis-je. Vous avez vu *Brokeback Mountain* ? Je crois que celui-ci en a gagné un ou plusieurs. Et il y a aussi de la pêche. Je crois que le film s'appelait…

— *Le Secret de Brokeback Mountain*… Évidemment, Alejandro, tout le monde a vu ce film, m'a dit mon père.

— Excellent, a approuvé ma mère.

— Et vous avez lu la nouvelle d'Annie Proulx ?

— Il est adapté d'une nouvelle ? J'ignorais, a dit mon père.

Nous étions dans le *quincho*, notre cabanon à grillades, en train de dévorer les restes d'un asado. La conversation s'est éteinte pendant quelques secondes, comme quand on passe dans un tunnel court, mais suffisamment long pour rendre le silence évident. Et puis nous sommes repartis sur *Brokeback Mountain*. Mon père a dit que les blagues étaient inévitables parmi ses copains pêcheurs, à propos de ce film. Je lui ai demandé s'il y avait un homosexuel parmi ces copains.

— Comment je le saurais, m'a-t-il répondu. Pas que je sache.

Comme ma question ne semblait pas du tout le gêner, je lui ai parlé de toute ma hauteur du malaise que ce serait pour moi si je savais qu'il se moquait encore des homosexuels. Il m'a répondu, furieux, qu'il ne s'était jamais moqué des homosexuels. Il a exigé que je retrouve dans ma mémoire un souvenir de son homophobie. En réalité, je ne l'ai jamais entendu faire le moindre commentaire homophobe. J'ai dû admettre qu'il avait raison.

— Et alors, de quoi vous riez avec vos copains pêcheurs ?

— Ce sont des blagues, mon fils, s'il te plaît. Ne perds pas ton sens de l'humour. C'est ce que tu as de mieux.

Ma mère et ma sœur ont acquiescé. J'ai pris ma guitare et je me suis mis à chanter. Avec eux, c'était mon éternelle stratégie pour changer de sujet de conversation.

VIII

— Et c'est vrai que tu n'as pas lu le livre de Maclean ? me demande Silvia, mon éditrice, quand je lui raconte cette histoire.

Je confirme :

— Jamais.

Elle me regarde, incrédule, et je dirais même déçue. Nous voyageons en train, dans le Madrid-Barcelone, il y a deux heures déjà que nous parlons, entre autres choses, de ce texte. Elle ne dit plus rien pendant, peut-être, deux rapides kilomètres.

— Si j'étais toi, je lirais ce récit, Alejandro. C'est la seule façon de terminer ton essai.

— Mais il vaut peut-être mieux le laisser ouvert, inachevé, lui dis-je.

— C'est vraiment sûr que tu n'as rien à faire de ce que ton père voulait te dire ? Il te demande toujours si tu as lu ce livre ?

— Non. Je crois qu'il a compris que je ne le lirai jamais.

— Et il est déçu, dit Silvia.

— Ou il a oublié, je réplique.

C'est le monde à l'envers, je lui dis ensuite, pour en remettre une couche. C'était moi qui lisais les livres et qui les lui recommandais. Et lui qui renâclait.

Silvia baisse la voix, ou plutôt module son ton et son phrasé pour me parler de ses propres souvenirs, à quatre ans, quand elle était la seule de la famille à accompagner son père à la pêche dans les *ríos* des Pyrénées espagnoles. « Je me suis fait pêcheur par nécessité », avait-il l'habitude de dire, et il méprisait les gilets verts des adeptes de la pêche sportive, parce que, quand il était petit, il pêchait pour manger. Silvia se rappelle que, lors de ces excursions, son père la laissait seule, assise sur la rive, momentanément concentrée sur les oiseaux ou sur le devenir de l'eau. Ensuite croissait la sensation d'attente et pointait l'inquiétude, mais elle se sentait pourtant en sécurité : elle savait que son père reviendrait d'un instant à l'autre.

— Lui, il ne s'en souvient plus du tout, me dit Silvia.

— Il a oublié ?

— Il a tout oublié, à cause de son Alzheimer. Je dois lui présenter mon compagnon chaque fois que nous nous voyons.

— Et il le trouve bien pour toi ? je lui demande.

— Oui, me dit-elle avec un large sourire que je reconnais, mais qui, aussi, me semble soudain neuf. Toutes les fois que je le lui présente, il lui plaît.

IX

Le dernier jour à Barcelone, je demande en vain, dans plusieurs librairies, le livre de Maclean, qui s'intitule en Espagne *El río de la vida*, un beau titre sobre, publié il y a douze ans par une maison d'édition dont le catalogue m'enchante, Libros del Asteroide. Si mon père m'avait prêté cette édition, cette histoire serait entièrement autre. Je suis paralysé rien que d'y penser. Je me sens snob, gêné, bête.

Le récit de Silvia me rappelle le dernier voyage que j'ai fait seul avec mon père, j'avais dix-sept ans, quand lui avait déjà contracté cette passion incurable pour la pêche à la mouche et moi celle pour la littérature. Nous en étions arrivés au point où nous ne nous entendions pas et il était devenu difficile, autant pour lui que pour moi, de le cacher ; c'était un voyage long et comme hors du temps, qui répondait peut-être au désir de nous retrouver, de nous rapprocher.

Nous nous étions avancés de Linares vers la cordillère et nous avions trouvé un endroit propice pour monter notre tente, toujours la même, sur les rives du Río Achibueno. Mon père étudia consciencieusement le paysage et attendit longtemps que le soleil frappe moins fort (« Les truites viennent juste de terminer leur sieste », avait-il dit à un moment donné) avant de se perdre en amont de la rivière.

Je m'étais plongé dans je ne sais quel gros pavé, tout en interrompant de temps en temps ma lecture, distrait par l'opacité argentée des frondaisons, et le spectacle du ciel diaphane, et l'eau lente et cristalline, pendant que je me remémorais ces vers de Neruda que j'avais découverts depuis peu : « Je dois parler du sol qu'obscurcissent les pierres, / du río qui en durant se détruit. »

Tout à coup, peut-être une heure plus tard, j'avais eu envie de revoir mon père. C'était bizarre. Je ne me disais pas qu'il allait se perdre ou qu'il courait un danger, mais je me voyais là, tout seul, comme un touriste désorienté, sans même des chaussures robustes aux pieds pour l'aider ou partir à sa recherche. Ce n'avait duré que quelques minutes, il était revenu vite.

— Ça va ?

— Bien, m'a-t-il dit.

Il m'avait montré la photo qu'il venait de faire avec son tout nouveau et, à l'époque, révolutionnaire appareil numérique. Il tenait une truite un peu plus grande que sa main, mais le plus surprenant était sa pose sérieuse, hiératique. Immédiatement après avoir pris cette photo – un selfie artisanal, pour ainsi dire –, mon père avait renvoyé la truite dans la rivière ; à l'époque, déjà, il remettait les poissons à l'eau, il ne gardait même pas le minimum permis.

— Tu en es à quelle page ? m'a-t-il demandé.

Je ne me rappelle pas ce que je lui ai dit. À la 150, par exemple.

— Je reviens dans quarante pages environ, m'a-t-il dit avec son air pince-sans-rire.

Le soir, nous nous étions fait des pâtes et j'étais toujours plongé dans mon pavé, à demi mort de froid mais éclairé et peut-être aussi réchauffé par la lumière abondante d'une lampe à gaz. J'étais allé me coucher très tard, il faisait déjà jour quand m'avait réveillé un cochon énorme et terrifiant qui, après avoir mangé tous nos sandwichs, essayait d'entrer dans la tente pour me manger moi aussi, je suppose. Mon père était sorti au lever du jour et revenait alors en quête d'un petit déjeuner disparu. Nous décidâmes de rester sur place en rationnant les quelques oranges et les pains en tranches que, par chance, nous avions laissés dans le break.

Dans le courant de l'après-midi, je l'avais accompagné et j'avais pris quelques photos de lui. Je l'avais vu s'entraîner à ces lancers si chorégraphiques, pour moi comiques, de la pêche à la mouche, mais pas au bord d'une rivière, dans l'étroit jardin devant la maison. Maintenant, le voyant en équilibre sur des rochers, j'avais mieux compris le rapport entre ce défi technique et la passion obsessionnelle de déchiffrer le cours de l'eau. Progressivement, j'étais capable d'entrevoir la scène héroïque, romantique. Je pensais à cette immersion subite, intrusive, dans la nature ; aux retrouvailles avec le désir, tant de fois remis à plus tard ou endormi, d'appartenir à ce paysage étrange et captivant. Mais très vite tout a recommencé à me sembler puéril : un homme sérieux imitant les mouvements alléchants d'hypothétiques insectes distraits. La baguette folle d'un chef d'orchestre embarqué dans une musique inaudible.

Mais ce que j'ai compris de meilleur, c'est ce désir de défier le chronomètre. L'expérience de la pêche fonctionnait d'une manière décidément similaire à la littérature. Pendant ces deux jours, nos langages coexistèrent ; je veux dire : nous avions coexisté, ça avait marché. Et quand nous sommes rentrés chez nous et que ma mère nous a demandé comment ça s'était passé, et que nous avons répondu en chœur : « Très bien », aucun des deux ne mentait.

X

« Ton père a été mon père cet été-là », me redit Cristián, dans un nouveau message vocal, comme s'il me soufflait cette phrase importante pour que je continue à écrire cet essai que lui-même ne sait pas que j'écris.

Mon père a été de nombreuses fois le père des autres, dans des moments d'affliction : ils demandaient à lui parler, lui les recevait aussitôt, et je les entendais le plus souvent lui raconter leurs bifurcations étudiantes, de travail, professionnelles, et même religieuses. Mais c'est une chose qui arrive souvent avec les pères : ils deviennent les figures paternelles de tout le monde, sauf de leurs propres enfants. L'expression même de *figure paternelle* est plus fréquente au pluriel, tandis que lorsqu'on parle de *figure maternelle*, c'est le plus souvent pour faire allusion à quelqu'un qui s'est substitué à une mère perdue. Et je crois qu'il est très rare que l'on parle de *figures maternelles*. Peut-être que la rengaine *Une mère, on n'en a qu'une* est vraie, pourtant mon propre fils, qui connaît déjà des enfants avec deux mères (ou des enfants avec deux pères), ne serait pas d'accord.

— Tu as salué tes vieux pour moi ? me demande Cristián.

— Oui, je lui réponds, mon père a été très content que tu te souviennes de lui.

Je n'ai rien raconté, mais je mens pour m'obliger à annuler mon mensonge aussitôt : dès que j'ai raccroché, j'appelle mes parents pour leur parler de Cristián.

— C'était le plus sympathique de tous tes amis, dit mon père.

Ma mère s'approche du téléphone et acquiesce, mais elle ne veut pas établir de hiérarchies. Ils se rappellent, tous les deux, pendant qu'ils terminent leur souper, Hugo, Mario, Maricel, Carla, Angélica. Il se les rappellent tous.

— Villablanca, c'était le nom de famille de Cristián, je me trompe ?

— Non.

— Il est toujours aussi joyeux ?

— Oui, je leur réponds, heureux de dire la vérité.

XI

— Ce mot à toi, ce mot que tu aimes tellement ! me dit mon fils un soir, furieux.

— Lequel ? Quel mot ?

— Tu sais bien quel mot, parce que tu l'aimes beaucoup, tu l'adores, tu lui ferais des bisous, à ce mot !

Bien sûr que je le savais. Moi, l'enfant qui ignorais l'existence du mot *non*, voici que maintenant, d'après mon fils, j'en étais amoureux. Silvestre, qui n'avait pas été un petit garçon si téméraire, depuis des semaines grimpait sur les meubles, essayait d'escalader les bibliothèques et venait de découvrir qu'il atteignait le tiroir des couteaux (lequel, par conséquent, avait immédiatement cessé d'être le tiroir des couteaux). Il ne me restait plus qu'à recourir sans arrêt au mot *non*.

Au milieu de ses doléances, je m'amusai à m'imaginer moi-même à trois ou quatre ans, avec moins de mots que lui, même si, selon la version officielle, ils me suffisaient pour inventer des passés et des futurs à mes pauvres poissons intoxiqués aux vers de beurre. Quand Silvestre se fut calmé, ou plutôt quand il se fut lassé de râler, il m'est apparu qu'il aurait été bête d'en remettre une couche avec l'explication habituelle, devenue dès lors tacite, aussi je le pris dans mes bras et lui caressai les cheveux, miraculeusement longs, ou presque longs. (Un de mes plus grands rêves d'enfant était qu'on me laisse avoir les cheveux longs, mais lui, il aime aller chez le coiffeur, et ce qu'il préfère sans doute, c'est de s'asseoir dans le fauteuil et de demander au coiffeur, avec l'autorité des initiés : « Comme Paul McCartney, celui des Beatles, s'il vous plaît. »)

— Je ne te dirai plus jamais le mot *non*, ai-je promis à mon fils. À partir de maintenant, quand tu seras dans une situation que je trouverai dangereuse, nous remplacerons le mot *non* par le mot *nen*.

L'idée l'enchanta, qui mystérieusement fonctionna pendant plusieurs mois, lesquels à la fin furent formidables, car notre accord m'autorisait une espèce de superpouvoir ; en cas de nécessité, je m'approchais simplement et lui disais avec une voix de basse surjouée :

— Fils, *nen*.

Non seulement Silvestre m'obéissait, mais encore il le faisait en me souriant. Les autres membres de la famille continuaient à utiliser le tyrannique et biblique *non*, avec les désastreux résultats prévisibles. Le chaleureux empire du mot *nen* commença à s'effondrer, hélas, quand la professeure de Silvestre nous raconta qu'une petite camarade le tapait et que lui, au lieu de lui demander d'arrêter ou de l'exiger, se rapprochait d'elle et lui disait, avec une amabilité suprême, *nen*, de sorte que la petite continuait de le taper.

Nous employons encore, Silvestre et moi, le mot *nen*, de manière humoristique, c'est presque le souvenir d'un langage passé. Ou peut-être est-ce le même langage en transformation permanente, bien que toujours lié à la musique et aux contes, et rempli d'imitations, de blagues et de trompe-oreilles. Je réussis encore à dissimuler l'obligatoire au moyen de petits jeux qui réhaussent le caractère aventurier du brossage de dents, du bain ou de l'habillage quand il le fait seul. J'ai beaucoup plus de mal à le presser chaque matin pour aller à l'école, peut-être parce que je n'ai jamais réussi moi-même à me plier totalement au temps chronologique, j'ai toujours été de ceux qui préféraient rester à deviser. Ce n'est pas le fait qu'on le presse qu'il n'aime pas, mais bien plutôt ceux qui veulent le presser. Et ceux qui lui rappellent à tout bout de champ que la vie n'est pas un jeu. Nous aussi, nous étions des professionnels du jeu ; l'obsession de l'écriture a été, pour moi, une manière de prolonger le jeu jusqu'à ses ultimes conséquences.

Mon fils dort et je m'allonge à côté de lui pour lire *A River Runs Through It* tout en pensant à l'énorme quantité de films, de livres et de chansons que, dans le futur, je lui recommanderai et qu'il dédaignera pour faire autre chose. J'aime le récit de Maclean. C'est un monde si familier et si lointain, c'est-à-dire si semblable au monde que simultanément j'habitais et je refusais. Cette violence si masculine, cette confraternité si masculine, cette incommunicabilité si masculine.

Il y a beaucoup de passages techniques sur la pêche à la mouche et je fais l'effort de les comprendre et de les assimiler, comme si je lisais un manuel à la veille d'une partie de pêche. Et bien sûr, je vois mon père répétant ses chorégraphies ou, dans ce coin qu'il a aménagé sur son bureau, s'acharnant sur ses leurres. Une fois, il m'avait expliqué quelque chose qui est aussi expliqué dans le récit de Maclean : qu'en confectionnant un leurre, l'idée n'est pas d'imiter les insectes tels qu'on les voit, mais comme on les verrait au ras de l'eau, ou plutôt tels que les verrait un poisson depuis l'eau.

Je lis en anglais un livre numérique, mais parfois je m'arrête pour traduire mentalement quelques phrases et j'imagine ce livre de poche que mon père avait lu avec émotion, qu'il avait même souligné et qu'ensuite il avait voulu partager avec moi. Et en le traduisant, je me laisse porter par la pensée facile et illusoire que je traduis pour la première fois mon père. « C'est un lancer si léger et si lent qu'il est possible de le suivre, comme si c'était de la cendre s'élevant de la cheminée », dit Maclean, préparant le terrain pour ce fragment : « Une des plus subtiles émotions de la vie, c'est de s'éloigner un peu de soi-même pour observer comment, lentement, on se transforme en l'auteur de quelque chose de beau, ne serait-ce que de la cendre en suspens. » Oui, papa. C'est ça, pour moi, exactement, écrire.

« Les poètes parlent de *spots of time*, mais ce sont réellement les pêcheurs qui font l'expérience de l'éternité condensée en un instant », écrit Maclean, et aussitôt il ajoute : « Personne ne peut savoir ce qu'est un "espace de temps" jusqu'à ce que, subitement, le monde entier soit un poisson et que ce poisson se soit échappé. » J'imagine mon père lisant ces phrases et pensant à la malheureuse ironie d'avoir un fils à demi poète immunisé face à la beauté de la pêche.

En dépit des millions de lecteurs qui sont passés par ces pages, *A River Runs Through It* est, pour un moment, un livre que seuls mon père et moi connaissons. Je suis sûr que lui aussi a souligné cette phrase : « Les personnes avec lesquelles nous vivons, et que nous aimons, et que nous devrions connaître, sont justement celles qui nous échappent. »

XII

— J'ai enfin lu le livre.

— Quel livre ?

— Celui du film avec Robert Redford.

— Celui que je t'ai prêté et que tu ne m'as jamais rendu ?

— Oui.

— Je croyais que tu l'avais perdu.

— Je ne l'avais pas perdu. Je l'avais emporté à Mexico. Je vous le rapporte quand je viendrai au Chili.

— Tu peux me lire la dédicace ? Elle est très chouette.

— Je ne l'ai pas sous la main.

— Va le chercher, je t'attends.

Je cherche la dédicace dans ma liseuse, je la lui traduis, mais il m'explique qu'il s'agit non pas de la dédicace de l'auteur, mais de la manuscrite, sur la première page, de ses amis. Maintenant, je crois me rappeler qu'il y avait bien, sur la première page du livre, une dédicace manuscrite.

— Je ne la trouve pas, dis-je, maladroitement.

— Tu ne la trouves pas parce que tu n'as pas le livre, me dit-il, se retenant de rire. C'est moi qui l'ai.

Je comprends qu'il sait que je mens, mais j'aurais honte d'éclaircir la situation, jusqu'à ce qu'il m'avoue qu'il a pris lui-même dans le salon de chez moi l'exemplaire perdu.

De sorte que ce fameux matin où, à l'improviste, mon père a débarqué chez moi et a inspecté les rayonnages, il a bien trouvé le livre. Ce ne peut être que ce matin-là, je me dis. Je le lui demande, il le confirme. Je lui lis quelques passages de mon récit. Il rit à gorge déployée.

— C'était ma petite vengeance, me dit-il sur le ton exact de quelqu'un qui avoue une espièglerie.

Je ris. Je me rappelle notre dialogue d'il y a quelques pages, quelques jours. Je pressens que ma mère et ma sœur aussi étaient au courant de cette petite vengeance. Je lui demande pourquoi il a fait durer si longtemps la plaisanterie. Tant d'années.

— Parce que ça m'est sorti de la tête, dit-il.

Je n'en crois pas un mot. Je suppose qu'il voulait vraiment me donner une leçon. Ou que c'était vraiment très important pour lui que je lise ce livre.

— J'ai beaucoup aimé, en tout cas, lui dis-je. Et je regrette de ne pas l'avoir lu à l'époque.

— Formidable ! me dit-il, avec un enthousiasme sincère. Je savais que tu allais l'aimer. Et tu as vu le film ?

— Pas encore, mais je vais le voir aussi.

— Tu peux t'en passer, le livre est mieux.

— Et pourquoi le livre est mieux ?

Je me sens ridicule de poser une question pareille.

— J'ai vu le film d'abord, les images sont spectaculaires. Mais le livre, on sent qu'il est plus réel. Les personnages, surtout. On peut mettre la tête qu'on veut aux personnages. Le livre, on le sent en soi-même. On s'identifie.

Je lui raconte que je suis en train d'écrire sur ces parties de pêche de mon enfance. Et sur l'invitation qu'il a faite à Silvestre il y a une quinzaine de jours.

— Je suppose tout le temps que tu es en train d'écrire sur quelque chose, me dit-il après un silence presque long. Tout le temps, toute ta vie, tu as été en train d'écrire quelque chose, Alejandro.

Sa voix est tendre, et condescendante à la fois.

Nous parlons de pêche à la mouche, je ne veux pas prendre de notes, pourtant il me semble tout à coup que mon père, comme un professeur, met l'accent sur quelques phrases pour que je les enregistre dans ma tête ou m'en souvienne. Je me distrais un peu, mais ces accents me ramènent à notre conversation.

— On n'arrête jamais d'apprendre, tu vois, dit-il par exemple. Jamais, aucun pêcheur à la mouche, jamais, même pas le plus expert, ne cesse d'apprendre.

— C'est ce que vous vouliez me dire ?

— Quoi donc ?

— Qu'on n'arrête jamais d'apprendre.

— De quoi parles-tu ?

— De pourquoi vous avez voulu que je lise ce livre.

— Je crois que tu le sais. On le sait tous, pas besoin de le lire dans un livre.

— Mais moi, je l'ai appris dans les livres.

— Non, tu ne l'as pas appris dans les livres. Et moi, je te parlais de la pêche à la mouche.

— Mais pourquoi vous avez tellement insisté pour que je lise ce livre ?

— Parce que je l'ai aimé.

— Moi aussi.

— Tu as raison, admet-il après quelques secondes. Je voulais te dire quelque chose. Je voulais que tu le lises pour te dire quelque chose. Mais ça fait tellement longtemps. C'est sûr qu'avec tout ce temps je te l'ai dit autrement.

— Je sais, lui dis-je. Maintenant nous pouvons nous parler.

— Nous avons toujours pu nous parler.

— Maintenant, on parle mieux.

— Oui. Écoute, il faut que je raccroche. Mais avant, dis-moi, fils, tu veux qu'on aille pêcher avec le petit, tous les trois ?

— Mais nous sommes très loin, je lui réponds, surpris.

— Ce ne serait pas tout de suite. Le petit se régalera. Et je peux vous apprendre à pêcher à tous les deux. Peut-être l'année prochaine, ou celle d'après, on a le temps.

— Bien sûr qu'on a le temps, papa, je lui dis. On y va.

Message pour mon fils

Tu es sur le canapé, à deux pas de moi, tu lis seul. C'est une nouvelle habitude et pour l'instant sporadique : tu prononces chaque syllabe à un rythme hésitant jusqu'à ce que tu réussisses à former les mots, à les découvrir en entier. Après une ou deux phrases parfaites, tu interromps le plus souvent ta lecture solitaire pour partager avec moi tes trouvailles. Mais il arrive aussi que tu poursuives ton chemin, au lieu de me parler, tu ris ou tu répètes certains mots inconnus qui sont comme des éclairs de musique désireux de se graver dans ta mémoire.

À voix basse : il est curieux que nous utilisions en espagnol cette expression métaphorique pour désigner la lecture silencieuse. En réalité, il n'existe pas de lecture silencieuse : la lecture, en elle-même, est porteuse d'une voix déjà incluse dans le silence apparent ; une voix que le silence ne parvient pas à détruire. Pour l'heure, ta lecture à voix basse est audible. Et ce murmure, ce balbutiement, cette délicieuse syllabation, parfois sonne comme un secret. Bien sûr que oui : lire, c'est recevoir des secrets, mais aussi se raconter des secrets à soi-même.

J'ai pensé avant à cette solitude de la lecture. Si bruyante et si distincte du bruit. Si silencieuse et si distincte du silence. Et il y a cet autre silence, plus problématique, de celui qui accompagne un lecteur. Lecteurs, nous sommes en théorie les complices idéaux d'autres lecteurs, mais parfois nous voulons, devons ou sentons que nous devons interrompre la lecture de l'autre et nous nous transformons, même momentanément, en ces personnes atroces qui nous interrompaient, nous, pour nous signifier qu'il fallait payer la facture d'électricité ou faire la vaisselle. Dans mon adolescence, j'utilisais les livres comme des boucliers. Ils étaient les armes qui me permettaient de construire autour de moi un territoire inaccessible. Et je me souviens d'avoir lu ou d'avoir fait semblant de lire juste pour empêcher les autres de me parler.

Je suis dans le fauteuil, à deux pas de toi, relisant à voix basse (en silence) l'avant-dernière version de ce livre-ci pendant que je t'entends lire à voix basse (murmurée) un roman pour les enfants de Juan Villoro, et pour quelques secondes je laisse croître la sensation que les mots qui sortent de ta bouche sont ceux-là même que j'ai devant moi. Je tarde un peu à imaginer ce jour du futur simple où tu liras ce livre. Ce n'est pas la première fois que je l'imagine, bien entendu ; j'ai imaginé sans cesse ce jour-là. L'idée que tu liras, que maintenant même tu es en train de lire ce livre, parfois fait naître en moi une joie débordante et d'autres fois un sentiment plutôt difficile à définir.

— Je veux dormir avec toi aujourd'hui, papa, dans le lit de maman, me dis-tu maintenant, pendant que j'essaie de te brosser les dents.

— Le lit de maman est aussi mon lit.

— Non, c'est le lit de maman.

— Et c'est lequel, mon lit ?

— Toi, tu n'as pas de lit, me dis-tu en riant.

Mon projet pour la nuit était de regarder un film, peut-être jusqu'à m'endormir avec la télé allumée, comme je le faisais souvent dans le paléolithique, mais je ne trouve pas la manière de refuser ta demande.

— Regarde-moi, papa, j'ai mis le pyjama que maman aime bien, me dis-tu.

— Tu es triste sans elle ?

— Je ne suis pas triste sans elle et je ne suis pas triste avec elle, mais j'aime bien mettre le pyjama qu'elle aime bien que je mette.

Ta mère te manque, ce que tu résous à ta manière. Son absence n'est pas fréquente, ni inhabituelle non plus, mais pour toi, maintenant, ce voyage n'en finit pas. Il me semble que tu sens toi aussi que ces journées de famille incomplète sont comme des voyages inversés. Et que quand nous revenons, ta mère ou moi, c'est comme si nous revenions tous les trois. La nuit dernière, après avoir passé quelques jours à Buenos Aires, ta mère a atterri à Santiago. C'est la première fois que nous échangeons nos pays. Le fait qu'elle se trouve au Chili renforce en moi la chaude illusion que nous vivons là-bas et que nous sommes, toi et moi, ceux qui nous baladons ici pour visiter, je ne sais pas, moi, les pyramides de Teotihuacán.

Je te lis tes histoires, je te chante tes trois ou quatre chansons, jusqu'à ce que tu t'endormes dans le lit de ta mère. Je vais dans le salon pour terminer de lire l'avant-dernière version de ce livre-ci. Et je repense à cette personne du futur que tu es maintenant, et j'imagine que tu lis, que tu es en train de lire ce livre-ci, et que tu l'aimes ou que tu ne l'aimes pas, qu'il t'amuse ou t'ennuie, qu'il t'émeut ou te laisse indifférent.

« Mon papa ne parle jamais sérieusement. Et la seule fois où il a parlé sérieusement, tout le monde a ri », préviens-tu toujours tes amis. J'aime penser que je garderai pour toujours la capacité de te faire rire.

Je ne suis même pas sûr de vouloir que tu lises ce livre-ci. Ce n'est pas nécessaire, bien entendu. Il existe grâce à toi et tu en es le principal destinataire, mais je l'ai écrit, surtout, pour mettre en accord, avec mes amis, les mystères du bonheur. Ce n'est pas grave si tu ne le lis pas.

« Quand tu seras vieux, je t'achèterai le plus beau fauteuil roulant pour aller se promener », m'as-tu dit alors que tu venais d'avoir quatre ans. Je préférerais te raconter chacune de ces histoires, améliorées et augmentées, dans un jour de ta jeunesse où tu t'ennuierais suffisamment pour me promener avec ce splendide fauteuil roulant que tu m'as promis. J'aime penser que ce livre-ci n'est rien d'autre qu'un scénario pour nos très lentes promenades du futur.

Mexico, 31 janvier 2023

Remerciements

Le regard complice et solidaire de l'éditeur Andrés Braithwaite a été crucial pour que ce livre trouve forme. Il me semble qu'il n'y a pas de synonyme, Andrés, pour ce mot : merci.

Je remercie de même Silvia Sesé pour son accompagnement permanent et sa bonne humeur, et, pour sa générosité, Megan McDowell, qui a traduit des premières versions de plusieurs de ces textes, revus ensuite par Sheila Glaser, Daniel Gumbiner et Deborah Treisman. Les observations de Lorena Bou, Elda Cantú, Lorena Fuentes et Andrea Palet ont été importantes. Mille mercis à Liniers, qui a eu l'idée géniale de dessiner la bibliothèque de mon fils. Et des remerciements spéciaux à Teresa Velázquez et Horacio Zambra, minutieux jardiniers de notre arbre généalogique.

De nombreux amis – ceux de toujours, plus quelques nouveaux et d'autres miraculeusement retrouvés – ont fait des commentaires précieux sur l'ensemble du livre ou sur certaines parties. J'en donne la liste ici dans une curieuse promiscuité alphabétique : Andrés Anwandter,

Sebastián Aracena, Marina Azahua, Felipe Bianchi, Fabrizio Copano, Alejandra Costamagna, Mauricio Durán, Elizabeth Duval, Daniela Escobar, Andrés Florit, Emilio Hinojosa, Luke Ingram, Juanito Mellado, Rodrigo Rojas, Daniel Saldaña, Juan Santander Leal, César Tejeda, Alejandra Torres, Antonia Torres, Miguel Vélez, Vicente Undurraga, Cristián Villablanca et Isabel Zapata.

Jazmina et Silvestre sont les véritables auteurs de ce livre et j'essaie depuis plusieurs heures de trouver une phrase rationnelle, de ces phrases qui ont sujet et prédicat, qui soit à la hauteur de ma gratitude, mais je dois partir justement, parce que Silvestre quitte l'école à une heure et demie – j'aime arriver un quart d'heure ou vingt minutes avant l'ouverture de la porte et le voir courir pour m'embrasser comme quelqu'un qui revient d'un très long voyage par déserts et savanes.

Table

I

II

Composition et mise en pages
Nord Compo à Villeneuve-d'Ascq

Impression : CPI Bussière en avril 2025
Dépôt légal : mai 2025
N° d'édition : 2713 – N° d'impression :2083784
Imprimé en France